U0534119

四合如意

张怡微

人民文学出版社

图书在版编目(CIP)数据

四合如意/张怡微著.—北京：人民文学出版社,2022
ISBN 978-7-02-017197-2

Ⅰ.①四… Ⅱ.①张… Ⅲ.①短篇小说—小说集—中国—当代 Ⅳ.①I247.7

中国版本图书馆 CIP 数据核字(2022)第 085538 号

责任编辑	李 然 王昌改
责任校对	王 璐
责任印制	苏文强

出版发行	人民文学出版社
社 址	北京市朝内大街 166 号
邮政编码	100705
印 刷	北京盛通印刷股份有限公司
经 销	全国新华书店等
字 数	140 千字
开 本	850 毫米×1168 毫米 1/32
印 张	9.375
印 数	1—8000
版 次	2022 年 7 月北京第 1 版
印 次	2022 年 7 月第 1 次印刷
书 号	978-7-02-017197-2
定 价	59.00 元

如有印装质量问题，请与本社图书销售中心调换。电话:010-65233595

目录

端正好	1
冉冉云	23
一春过	49
缕缕金	71
四合如意	95
步步娇	123
醉太平	149
锦缠道	159
字字双	181
寄生草	203
白观音	253
煞尾	279

端
正
好

一

睡得好真开心啊。

阿梅睡眼惺忪,赖了一会儿床,大声地问了一下 Siri 现在几点,又让它讲了一个笑话,却因为那个笑话里夹带着两个从前背过、现在忘得一干二净的 GRE 单词,她被隔离在好笑之外很远处。

阿梅并没有很沮丧,毕竟岁月不饶人,不要说英文单词,很多中学同学的名字,她都已经记不起来了,偶尔在手机上滑到他们的脸,一时间居然不知道要怎么称呼。

为了响应"对自己好一点"的社会风潮,早餐给自己煎饼的时候,阿梅用上了新买的硅胶铲。这个铲子没有什么特殊的,唯一的作用就是可以给饼翻面,以及长得很好看。这些奇奇怪怪的小东西,她都是在直播购物时买的。每天下班后,她就跟着直播购物学习生活知识，包括穿衣搭配、首饰锅具、烹饪菜谱……科技与消费的发展落地于生活的细枝末节处，总需要一些媒介，一个介绍人。

昨天夜里，阿梅参加了一个女性话题的直播活动，是一家护肤品牌主办的，她是那个品牌的 VIP 用户。散场时天色大变，豪雨滂沱。好不容易叫上车回到家，浑身湿透，小区门口的水已经接近脚踝。阿梅洗完热水澡缓过劲来，甚至还有些得意晚上直播时嘴里蹦出的"小金句"。"会被好心人截图的吧。"她美滋滋想。走到书房，却发现窗户没有关好，多肉碎了一地，整个阳台都泡在了水里。

这间新房才刚简易地布置完，看见这一地的水，阿梅心想："还好不是我装修的，还好不是我的花，还好买不起实木的地板。"随后，跪在地上擦了整整两个小时。她没有钱换地板，却有很多钱换抹布。心里呢，也不是一点苦涩没有。心疼多少有点，即使是复合地板，那也是上家真金白银买来的，不是吗？人家曾经也是第一次结婚，满怀期待地遇到了命中注定的人。婚后他们感情不好，也没有住多久，地板泡了水，坏了多可惜。

碎掉的多肉花盆，是卖给她房子的房东留下的。确切说，是他前妻更早以前留下的。数量非常多，这些多肉的差别……阿梅一个都说不出来。为了给太太养花，房东在每一扇窗户外都打了花架，应该花了不少钱。那可真是一个喜欢养花的女孩啊，阿梅心想，还有一个真心喜欢她的老公，真是可惜。阿梅并不喜欢花，偶尔一次发了朋友圈的时候，很多同事同学都夸她养花养得好。这就生出了新鲜的虚荣心。她回复他们："不是什么名贵的花，就随便养养的。"心里很喜悦。阿梅在手机上查阅了一下，原来打理这些植物并不费力，于是就放养着，心情好的时候，就洒点水。没想到，它们最终还是难逃一劫。可见缘分已尽，真是天都没有办法的事。她为他俩的爱情感到可惜，而且，全世界只有她一个人知道，他们爱情的象征是在这个台风天才真正破碎死亡的。

最初看到这间房子的时候，阿梅就很喜欢。这个家里仿佛一直只有一个老太太待着。阿梅在白天看了一次房，晚上看了一次房，下雨天又去看了一次房，时间久了以后，就连黄梅天她都去看过房。每一次，老太太都像第一次见到她一样，叫她不必穿鞋套，随便看就好。老太太喜欢通风，会打开家里所有的窗户，就像阿梅外婆生前的喜好一样。南北通，自然风，四点半吃晚饭，三点半就能起床。过了一定年纪，人好像就会自然而然活在和年轻人不太一样的生活世界里。那会儿，每次阿梅提前说好要去看外婆，外婆都会比三点半还要早半个小时起床，开始等她。这种等法，会让人产生无尽的愧疚，因为阿梅要到下午才会到。她不敢想象，在这黑夜到白天的漫长时间里，外婆一个人是怎么过来的。不过书上说，古代女性的命运就是一直等、一直等，她们等过的人，等不来也是常见的事，或者死了，或者还有别的家庭。和现在的女人不一样，以前的她们就算不等人，其实也没有别的事可以做；做了，也没有用。外婆生前最遗憾的事，就是没有看到阿梅结婚。她好心地说："你和你妈不一样啊，你以后老了怎么办，你一个人要怎么办呢？"阿梅心想，外婆你也一个人老着啊，人算不如天算，有什么好怎么办的？阿梅于是扑向外婆说："外婆我最喜欢你啦，我老了和外婆在一起啦。"外婆就很开心，推托说："你明明最喜欢手机，我最多是排在第二名。"现在，再也没有人做第二名了。手机是第一名，是第二名，也是第三名，成了阿梅最喜欢相处的东西。手机里藏有她的行程、她的消费、她的病例卡、她的社会关系、她的全部生存事实，和谎言。

　　阿梅第一次来这里，就看上了这间房子。下楼的时候，中介的同事又带来了第二拨人。他们喜欢制造紧张感，烘托竞争气氛。中介在小区门口说："梅小姐不好意思，这间房子之所以比市价便宜，是因为房东他还在办理离婚手续。不过这是他的婚前财产，房产证上只有他一个人的名字。但是他不确定太太名下还有没有别的房子需要协议分割。他说他太太不肯回微信……"

"还没离婚啊，那真是麻烦了。就算第一次起诉，应该也判不下来的，还要等第二次，这样起码要等八个月，才有个明确的结果。那他太太的产调你们做不了吗？看一下产调不就知道名下有没有房子了？国家没有联网吗？不是一直说要联网吗？你们内网也看不出来的吗？"

中介说："这我们没办法。"

"照道理，婚前财产也不影响什么。可是我还要付十几万中介费给你们，你们就不能帮忙确定一下他太太有没有别的房子吗？他太太是这间房子的同住人吗？售后公房需要她同意吗？"

中介说："梅小姐，你是不是做律师的啊？"

阿梅摇摇头。想了想又说："算了，我可以等。"

中介说："我两年前培训的时候，才知道起诉离婚是怎样的流程。"

阿梅就笑笑："我觉得他不想离。不然他就会说，已经起诉离婚，很快就会析产。他说太太不回微信，不回微信……情况太复杂啦。"

中介说："梅小姐，那个……我们还有别的房子可以看的。这一带啊，前面都是部队的房子，不太会做商业开发，如果您要购物方便、交通方便，可能还是另一区比较适合，有电梯,还有儿童乐园,万一你以后会……"

二

阿梅打开洗碗池前的窗户,往窗外看。严格意义上的风景是没有的,只能看到另一单元的后阳台。上海的夏天,每家每户的后阳台上总会出现露着肚子的爷叔在乘凉,他们饭后还要负责丢垃圾和取快递。居民区里的男人和社会上的男人不一样,上班族或退休族回到家,就像回到女性的港湾,从此只会听到三句话:"去丢垃圾""去拿快递""门(窗)开那么大干啥,蚊子要进来了"。如果家里没有男人,就没有这样强烈的夏天感(也就是啤酒肚感)。那是和台风一样的风景线。今年"烟花"台风过境时,阿梅在抖音上刷到周浦镇有一家人的阳台直接掉落,家中卧室直接暴露,好像《爱丽丝梦游仙境》里"洞开"一个天地。上海人家,洞开的天地里没有什么意境可言,逃进来一只花脚蚊子,就算是影响到生活的大事了。

阿梅想,如果一觉醒来,自家的阳台也掉落了,那么她第一步要做什么呢? 是报警还是拍视频发朋友圈求救? 传到小红书或者抖音上会不会爆红? 爆红了,久未联系的父亲会不会刷到她买了房子,会不会要来看一看? 他真的来看了,她又要说什么好? 是不是需要给他准备一个烟灰缸?

去年的电话里,阿梅听父亲说,他又想离婚了。年纪那么大,他还在给自己做新任务,真是了不起。"阿梅,你没有办法帮我找一个离婚律师?"父亲问。

"没有。"阿梅说。

"我这一辈子那么没劲,我不想把钱留给她。"父亲说,"老天爷割韭菜就要割到我头上了。万一我死了,我不甘心把房子留给她。"

"那你就把钱都花了吧。把房子卖了再把钱花了。"阿梅说。

"我想把房子卖了啊。但是我户口没地方迁。你有地方给我迁户口吗?"父亲问。

"没有。"阿梅说。

她想起小时候,她想要回上海念书的时候,也曾问过父亲一样的问题。

当时年轻的父亲说了一样的话:"没有。"

母亲说:"你爸心狠,女人只能靠自己。"外婆说:"吃得苦中苦,你的苦大概还没有吃完……"

如果生活可以剪辑,那么这几个镜头可以剪成互文的预告片。像《狗十三》或者《春潮》或者《我的姐姐》……生活要是能被拍成电影，一定众声喧哗，啰唆得看不见主线。唯一的好处是，主角光环，有免死特权。就算团灭，她也能活下来。

阿梅记得当时的自己还哭过一场。等再奋力考学回来上海，找到工作，忙碌替代委屈，慢慢也就平静了。大城市生活好像打游戏的初始台地，有一定规则，顺应它一切就变得有迹可循。她拿户口，缴社保，买新房，摇号分不够，二手房遇到房东离婚之难，再到三价就低、首付提高、贷款利率加码、放款时间放缓……等用上好好住App，逛线上宜家看软装，她一个人走完了一条耗尽心力的长路，连个鼓掌的人都没有。好在阿梅没有钱重新装修。拿到房产证的那一刻，她有些兴奋，却也不知道该找谁分享，只能叫了一个豪华的外卖，包括了凉菜和甜点，吃完了没有分类就把垃圾丢了，爽到一个不行。那个晚上，阿梅第一次发自内心希望房价上涨，不停涨。她太累了。只有房价上涨，才能缓解她内心对艰辛的怨恨。隔一天她突然感到困惑，出于自己的亲身经历，她发现在这个城市里希望房价跌的和希望房价涨的，可能是同一个人。

生活再度形成了新的形状。硬要说有什么大的改变，也说不上，不过是起夜上厕所，或者夏天吹头发的时候，不用穿戴整齐，以防看到妈妈以外的人。上班的时候，在食堂有同事和她打招呼,她的心情也慢慢放松起来,不像从前那样焦虑。她还筹措了新的兴致,对那个焦虑的同事说:"你啊,千万别排在那里,那里太难吃了,像继母做的饭。还是这里好吃。"同事吃惊又似懂非懂的眼神,令这充满好意的社交温度变得冷热不均、难以捉摸。

那个想和她一起吃饭的同事,已经告诉了很多人他想和她吃饭的事。这真是令人头疼啊。阿梅心想,如果不是为了还房贷,她很可能会辞职的。他职位高过她,半夜里喝多了还给她打电话,白天看起来又很拘谨。他在食堂里对她说"你比这些菜可口多了"的时候,阿梅感到一阵恶心。这不是性骚扰,什么是性骚扰呢? 可是因为有了房贷,她还要跟他继续开开玩笑,苦中作乐一番。在单位,她只要演好"大龄女青年脾气都很怪的,可是她们有房子"的人设,就可以了。如果她脾气太好,也是不容易让人理解的事。如果她偷偷买房子……这几乎是不可能的,唯一的好处是,这比学历更能证明她的脑子可能不是坏的。

那个人还问过她一个很奇怪的问题:"你为什么要自己买房子啊?"

阿梅说:"因为我的花放不下了。我养了很多很多花。很多很多。"

那个人要是看到阿梅在玄关处放置的母亲把父亲撕掉的

合照，应该会放弃的吧。那张照片有A4纸那么大，母亲看起来是个二十几岁的美人，父亲的位置如同被蚕啃食过。阿梅心想，那个人一定不敢问，你为什么要把这样撕过半张的照片裱起来呢？是没有别的好看的照片了吗？也可以放个大红福字啊，三口之家的合照啊，多温馨呐。他再猥琐，这样的问题也是不敢问的。他要是敢面对生活真相，早就不会缠着她了。他是被风俗规定着生活，不然就会怀疑自己的人。他们这样的人，也只会顺应风俗在心里断定，三十几岁的女人心理都不正常的呀，要对她们宽容。

不过，阿梅倒是很想回答这个问题的。因为母亲给她的回答很奇妙。母亲说："这张照片虽然有你爸爸，但是我真的好好看啊！这张照片拍得真好，我实在是舍不得全部撕掉，放在我家里也不太好，就留给你做个纪念吧。"

阿梅也很喜欢这半张照片，它是有情绪的，也象征着她的来历，崎岖又有妙处。反正她不是爱的产物，而是爱的代价、爱的遗物。这样的事，没经历过的人肯定不懂。

阿梅没有继承母亲的美貌，这可能是她的幸运之处。母亲从小就教育阿梅："美，是没有用的。"阿梅后来知道，这是一句很哲学的、很世故的话。只有拥有美的人，才会知道它多好用，知道它的好处、坏处，才能识别它的无用之处，才会很早就为失去它做足准备。半美不美的人，无法识别其中的危险,也就不会早做准备。阿梅到了三十岁之后才发现,她就是母亲为失去美貌所做的最强准备,她训练她克服困难,训练她不走捷径,训练她不惧怕冷嘲热讽,但她就是不肯告诉她,美也可以是有用的。母亲是天生追求爱情的人,她喜欢爱人的苦楚,也喜欢追索爱的真相,当然她就心知肚明爱的虚幻和生计的严酷。阿梅没有吃过感情的苦,对感情吃得不透,但经由磨难,她对亲情的了解要比母亲深刻一些。阿梅觉得,如果父母都是追求爱情的人,那他们的孩子一定是很倒霉的。做美女的女儿,也是很辛苦的。这辛苦和当不成美女没有任何关系,而是这样的女儿,很可能会成为美女的人生备份。

阿梅虽然和母亲没有很多话说,但她们内心深处是相爱的,她们是一个人的两种人生。她们两人此生曾有过一次高质量的沟通,阿梅对母亲说:"我和你、你老公住在一起,怎么可能会有男朋友?"母亲一愣,竟没有反驳。她好像是听懂了,却没有具体回答。阿梅买房的时候,她从股票里退了一笔钱。她对阿梅说:"我买了你爸老单位的股票,去年因为疫情,它突然涨了很多很多……就当是我和你爸给你的。主要是我给你的,因为你爸不知道,他是铁公鸡。你不能说出来哦,因为我跟你可不一样,我有老公的……"

阿梅就笑笑,说:"谢谢妈妈,妈妈真好。"

其实这值得笑更大声一点。不过阿梅看知乎上的人说，成熟的人不便展露太多表情。她觉得自己人到中年，可以开始表现成熟一点了。

三

两年前，因为选择了等待，生活便有了奇异的盼头。这个盼头就是，阿梅比任何人都希望房东快点离婚。她像一个第三者一样，不断搜寻着足以协助他完成这个家庭解体动作的信息，并提供给中介。例如，如何证明两年的国内分居；如何证明逢年过节的粽子啊，饺子啊，土特产啊，也可以是爱情破裂的象征；甚至，如何证明他们喜欢的人的性别可能发生了一些重要的调整。那段日子里，阿梅几乎忘记了自己家庭解体时的苦痛。她的命运，似乎就系在那两个她未曾谋面的怨侣那里。她甚至花了十六块钱，在星盘说 App 上求问下半年离婚是否能顺利展开。四个专家，有两个说可以试试，还有两个说要等另一颗星星来到的时候，才会比较顺利。

有一次连中介都听不下去了，对她说："梅小姐，俗话说，宁拆十座庙，不拆一桩婚。你也不要太着急了。"

阿梅对他说："他们离婚，最大的受益人，就是你啊小李。

你又不会免去我的服务费。我无利可图,还要给你们十万块钱,何来拆婚之说?"

中介说:"我也拿不到所有的服务费。都是公司抽走的。"

阿梅说:"那你们公司真是要多烧香。宁拆十座庙,不拆一桩婚。"

中介说:"但是我觉得他是有诚意的,真的,全网公布信息,每天多少人给他打电话,多少人看房,对吧。何况,婚前财产,他是可以处置的。"

阿梅说:"很多男的对离婚都说得很有诚意。但是,除非他想再结一次婚,不然他是很难下决心离婚的。他最多会去找个律师打探一下财产的分割。而且我在这个房子里看到的都是不想离婚的信息啊。好多好多爱啊。"

中介说:"好多好多爱,你是怎么看出来的? 他们没放婚纱照啊。"

阿梅说:"我问你,老太太是男方的妈妈还是女方的妈妈?"

中介说:"……"

阿梅说:"我上次看到她在给花浇水,好多好多花,可能有五十几盆。我说这花养得真好啊! 老太太说,不是我养的,但是他们叫我还是要浇水。你说,这是要离还是不要离? 花是谁的呢? 这么爱惜,以后要怎么分呢?"

中介说:"梅小姐,你是不是干警察的?"

阿梅说:"如果太太是同住人,还不回消息,你们是怎么操作的?"

中介说:"那梅小姐,我去问一下,您要不还是先看看别的吧。"

阿梅说:"如果有售后公房的话,我可以看看。不然,我可以等。"

现在,已经很少听到"售后公房"出售。但是像阿梅这样的人,对这历史的产物还是情有独钟。她不是真的执迷于这间房子本身,而是她支付不起昂贵的个税和增值税,只能勉强接受它可能没有商品房吃香的代价。售后公房,原是单位分配的福利。以前的人,不结婚单位都不给你配房子,没有外卖的时代,不结婚回家都不一定吃得上热饭。时易世变。那时要离婚,说难还真是比现在难得多。现在也不容易,现在的不容易里掺杂着很多可能性。它不是真的不可能,而是变数多。

每到夜晚,阿梅还总是会想起小时候的事,想起自己的前半生。她是个很乐观的人,在父母腐烂的爱情里成长起来,看到"家庭"的断壁残垣已经没有什么复杂的感觉,遇到再烂的事,都会有一种"只要没有蛆"就算空气很好的阿Q精神。"家庭",并不是人手一份的礼物。不彻底清除念想,任凭腐烂的亲情宛若动物内脏横陈于夏天,大夏天,有西瓜和男人啤酒肚的那种真正的夏天,只会让情况变得更糟。阿梅和中介小李,就是在那匍匐苍蝇的家庭内脏上,保持端正合法的姿势去大小便的路人。他们认认真真地嘲讽人性的多变和软弱,也不出于情绪。以他人命运的风吹草动来虚构自己的"好处",伺机寻找从量变到质变的情感生态,是生计所迫。在一个看不见的空间里,他们携手等待爱情真正变质、无药可救,等待清洁的新机遇。

四

阿梅知道小李骗她的时候,其实并没有太多惊讶。(母亲不也骗了她,说把股票所有收益都给她做首付了吗?)

说来也怪,楼市经过两年的风云变幻,逐渐进入横盘状态,这和父亲单位十年前的股价很像,它看起来会一直保持"三"块股价下去,直到地老天荒,谁知道集装箱会突然因为疫情而在全世界都变得紧俏,股价翻了十多倍。听说去年年会的时候,总公司招待宾客的食物都变成了神户牛肉,当然,这和普通员工及其前家属没有任何关系。阿梅父亲出生那一年,新泽西州的纽瓦克港,一辆起重机把五十八个铝制卡车车厢装到一艘停泊在港口的老油轮上。五天之后，这艘"理想X"号驶入了休斯敦，在那里有五十八辆卡车正等着装上这些金属货柜，把它们运到目的地。一次变革就开始了。阿梅小的时候，全国只有四家集装箱制造工厂，只有一位集装箱设计工程师，她在父亲单位的内刊上，看过那个人的照片。那是一段非常灰暗的日子，航空物流的发展、全球化对速度的要求大大挫伤了"理想X"号的象征，薪水低、待遇差，靠在各个港口装船和卸船为生的劳工大军已经不复存在，海员们纷纷决定回到陆地工作，以免摧毁亲情和爱情。直至2020年，因为年底莫名其妙发了二十二个月的工资，阿梅父亲又不想离婚了，他也不再觉得人生无望、自己已经是死神手中的韭菜了。日子好起来了以后，阿梅很久没有接到他的电话了。可想而知，电话那头的他会多么面目可憎。钱，就是男人的面目，它变来变去的，怎么看都像一张前夫的脸，真让人恼火。

不过，假如这个世界上真有"蝴蝶效应"，那么阿梅执着地等待一对陌生夫妇的离异（售后公房的避税），居然也因为复杂的世变而变相得到天意的助力。因为买房政策的变化，五十几盆多肉的女主人终于同意了签署离婚协议。新政关于"夫妻离异三年内购买商品住房的，其拥有住房套数按离异前家庭总套数计算"的规定都没有阻挡他们分离的决心，可见他们可能真的是想要离婚（或者有人相较两年前，认真下了决心）。

阿梅第一次见到房东，是在见到那套房子的两年后。她已经去过了很多次，最后却没见到之前那位老太太。

房东皮肤很黑，个子很高，看起来四十出头，还没有啤酒肚。房子是他父亲留下的，九五年以后，产权就是他一个人的。如今，父亲母亲都去祖籍地养老了。房子比非普通住宅超过了0.64个平方米，他愿意补上这0.05%非普通住宅的契税。

透过手机屏保，阿梅看到了他与一位年轻女孩的合照，像看到了她期待已久的决心。

下楼后阿梅对小李说，拖了这么久，首付都提高了，能否再让点价格？何况，他一年内再买房，还能退税。

小李说："梅小姐，你是不是也是干中介的？最近好多大学生都转行来跟我们抢饭碗了。要不……我再去打个电话问问。"但他在外面并没有打电话，只是抽烟。阿梅母亲也来了，却没有现身，她在远处看着小李，告诉阿梅他没有在打电话。

房屋最终成交价，比当年挂牌价便宜了十五万。

这场博弈，从下午五点，一直谈到晚上九点。最后小李把上下家都带去了另一家小中介，掀开卷帘门，里面有一位年轻的中介员。小李比看起来城府要深得多，他显然在最后一刻决定把这场谈了两年的公事转为他的私活。他说,如果在原来的地方做合同,他只能拿到四千块钱。如今三价就低,如果把做更低的房价的消息传播出去,就要罚三万块钱。

"都不容易,姐,你说是吧,流程都是一样的,都是我和我助手来办。"小李说。

阿梅看着他的脸,又看看身边那张颇想结婚的脸,不禁想,过去的那两年里,不知道到底谁从中作梗,才使得一切都比缓慢更缓慢。

阿梅的等待在三个月后真正结束。交房的时候,阿梅问房东,花怎么办?

房东接了个电话,好像是在和亲密的人沟通。他用唇语告诉阿梅"送你了"。阿梅说,这么多?房东掐了电话说:"带不走了。就拜托给你了。不用很多水,晒晒太阳。多肉养殖,你可以看看小红书,上面有人教。我……那位以前也是自己学的。她把漂亮的、喜欢的都带走了。我买的她都不喜欢的,都给我了。我也……用不着了。"

"好吧。"阿梅于是下载了小红书。

他不知道,对于阿梅这样不打扮的女人来说,本来用不到这个App。但多肉死了以后,阿梅出于神秘的路径依赖,开始继续使用小红书看房子。那和中介做的VR很不一样,拍得都很美,很明亮,像生活的善意。她看着小时候住过的社区，她和父亲母亲还可以合照时经过的街景，都被滤镜美化得很不真实。她看到杭州外婆旧家，如今被盖成了社保巨子才有权限摇号的豪宅，一切像假的一样，又充满希望的美意。最终，她给自己买了几个豪宅厨房里同款的煎饼铲子，心底突然涌起一种温馨的感觉。

睡得好真开心啊。

搬家后的阿梅总是这样想，然后关掉小红书，闭上眼睛对Siri说：

"Hi，Siri，讲个笑话来听听。"

冉冉云

一

在一次听众见面会后,我第一次见到阿德。她给我带了很多吃的,放下袋子就走,食物里也没有夹那种写有自己联系方式和冗长头衔的卡片,是我最喜欢的那种听众。我翻了一下,袋子里有四盒凯司令掼奶油、一袋国际饭店的蝴蝶酥、一盒沈大成青团,都是我节目里提过的东西。虽说价格不贵,要买齐也需要花费一整个上午。这世界上总有奇怪的人,会对陌生人倾注更多的爱意。光景好的时候,我们电台的办公室能收到更多的时鲜礼品。我在节目里提到过的东西,自己也不见得爱吃,那只是说一说嘛,混口饭吃。上海人照着节令为这些东西排长队,我很不理解。但在节目里,我会热情洋溢地说,这就是这座国际化大城市最有生机的……排队乡愁。"你要没有排过青团队、鲜肉月饼队啊,你就不能说自己是正宗上海人。"

阿德那时还不知道,我已是这个夕阳行业的老油条。她救了我,像把我从拾人牙慧的城市文化泔水中捞起来一样。

那天是大寒,时间再倒转几日,书店附近曾发生一起因人群拥堵引发的踩踏事件。书店老板说,因为那起踩踏事件,他们以后将不能为观众提供座位。这场活动,最理想的售书模式,是直接在结账柜台签售。有序排队,直接结账,废话不多。我解释道,以我的书的销量,可以保证绝不会发生任何踩踏事件,最好还是能提供一些座位给现场观众会比较好。老板却说:"你毕竟是一个名人。"这我就当好话听了。还有一句话,我不知道是真的听见了还是产生了幻觉,老板说:"他们有没有位子坐,帮侬搭啥界呢?"

我想我可能是听错了。

那是我的第一本书。我对出版人说,我想出版一本真正的书(尽管是用来评职称的),像笛卡尔的《谈谈方法》或者梯利的《伦理学导论》那样朴素的封面,一看就是有干货的,当代人不一定能读懂,而不是那种印有我端庄肖像的机场鸡汤书。我毕竟也写了一些有价值的"史料"嘛。可出版人说:"你毕竟是一个名人。"她还说:"你到底在想什么呢?脑子坏了吗?年轻人评职称的书你不把自己照片放大一点,台里那么多播音员,不是叫小林就是叫小超,谁记得你是谁?"

"等你拿到金话筒奖,你就会想自己的照片一直出现在封面上了。"出版人又补充说,算一种安抚性的……不让步,"上次你同事,那个谁谁,拿了几十张自己的照片给我叫我选,然后让设计师出封面,每张照片出一个封面,太吓人了。"

太吓人了。

签售时风平浪静,人不多不少,撑满了面子,没有座位,倒也没有抱怨声。我很感动。阿德就排着队,交给我这些食物,让我在印着我自己照片的书上签名。我问她叫什么名字,她说"不重要"。所以我只写了自己的名字。我客气地问她是哪里人,她说"四川人",又说,"也是上海人"。

我便当她是新上海人。

我有许多听众都是新上海人。他们不管是来上海念书,还是来上海工作,在业余时间里都喜欢听听上海故事,读读上海小说。我的节目,虽然收听率很低,居然也培养了一些忠诚的粉丝,愿意跟着我被引流至阿基米德、喜马拉雅,下载 App 为平台增添装机量……他们对于这个城市的音乐、文学、民俗、饮食文化的了解,都是通过我们节目建立的(可惜我们节目随时都要倒闭了,用文学语言说,也许明天就倒闭,也许永远也不倒闭)。与其说这些文化是通过我们节目建立的,不如说是我凿壁偷光蹭来的(祖父祖母、父亲母亲、幼儿园小学中学高中大学老师帮了大忙,美国时期的碎片生活也曾拿来装点过门面)。后来我随单位结对子去了新疆克拉玛依做活动,在克拉玛依市里看到类似的景观。那座城市因为缺水,经由额尔齐斯河从北冰洋借了一段水源,那是唯一一条对接到北冰洋的水源。乌尔禾和准噶尔盆地附近每年只在六月间下一场雨。但城市里都在修喷泉,种花,花带里接着人工浇水的管子维持斑斓。像极了我的工作与人生。一般游客看不破,他们只觉得"哇塞厉害了666yyds……",但总有人很喜欢。

阿德以外,我还记得一个听众,来自浙江舟山。考上了上海公安学院以后,他搞了一个收音机,开始听我的节目。他给我的工作邮箱写信,我的工作邮箱里有几千封信,大部分我是不看的,但是他说,"来自一个年轻警察的心声",我就点开看了。他写道:"如果我不来上海当警察,就要回老家去开船。我能看到我开上二十年船之后自己的样子。我能认出各种海产海鲜,我能认出天边云的警报,我皮肤很黑,儿子很皮,赤脚在海边跑。谢谢你的节目,让我不用变成看得见的那样,你们给了我第二个人生。"我有点感动,但这感动不是那感动。感动淤积得太多了,反而会让我觉得自己是个软弱的蠢货。这对男人来说,并不是给家人长脸的品格。

我父亲一直希望我当个警察。小时候给我看了不少警察故事。我还记得有个专门写"建国以来最大一宗爆炸案、盗窃案、强奸案、绑架案……"的老作家李动,是我阅读的启蒙。每当他写到"那个老警察一辈子没有立过功",我就知道他马上就要立功了。还有一位专门写警察故事的畅销书作家,最爱写女警察经不起诱惑,对组织来说是不可靠的,可对于邪恶势力,她们又表现得过于一身正气。她们同时在意两样东西,一个是正义的荣光,一个是眼前的幸福。结果被作家讥讽为"麻袋片上绣花,底子不好"。我当不了警察,可能是差不多的原因。底子不好,多愁善感油腔滑调粉饰太平,这令很多人都失望透顶。事到如今,我连警察电影都不愿意看。因为我知道他们是什么样的,从小就知道。我更知道,我可能不是那样的,我到底是怎样的呢?我也有了第二个人生,就是隔空跟自己聊天。

电台主播在这个时代,如果还算是社会名人,那 App 上的网红就可以算是顶流了。尤其是我们节目的嘉宾费依然定在永恒不变的"一百元",我已经很久没有请过真正的名人来一起做节目了。我还在当实习生的时候,倒是常常看到名人在办公室内外走来走去,我负责把他们没喝完的茶叶丢掉。现在,他们都活跃在抖音或小红书里,嬉笑怒骂,从中美关系谈到女性如何在两性关系中永远立于不败之地,再或者就是本本分分地传授养生护肤育儿之道。我没有开抖音,是因为我注册账号后只关注了两个人,后来他们都惹上了麻烦。

一位因为性侵未遂被抓起来了,另一位因为欠债被骂翻了。在我看来,短视频 App 就是虚拟世界的是非恶海、口舌凶场。还是 LIVE 时封闭的环境更让我有安全感。领导说,我这样的人算是鸵鸟性格,年纪轻轻就丧失了斗志,应该去新媒体的领地开疆拓土,或者找一个有钱的白富美结婚。

我问领导:"领导那你觉得我有啥才艺可以展示的?"

领导说:"最近那些拉着弹性裤子的男男女女不也没有什么正经才艺?你看那个谁,多卖力,已经接到汽车广告了。我们主要听众就是开车的司机,是不是?"

也不是吧。但我懒得说。我说:"是是是,我也想接汽车广告的。多少台型?"

领导见我可怜,问我:"你前几天是不是在打听养老院?爸爸妈妈要去啊?"

我说:"谢谢领导。是我想去。领导你人真是太好了。领导你有路子啊?"

领导说:"说你什么好啊,成天不知道在想什么。对了,以后避孕套的商务不要接了,影响不好,对你以后相亲相到白富美也不太有利。你想办法多接点汽车、养老院广告都蛮好,比较符合我们节目的气质……"

我说好好好,我一定想办法。

"现在连好的养老院,都要视频面试老人了你知道吗?

搞得像儿童上幼儿园一样的。你亲戚要去,老人家要准备准备妆发,背一点有条理的话,知道吗?"

我说好好好,我一定想办法。

"子女一定要到哦。他们内部有鄙视链,没有子女的老人会被有子女的霸凌。作孽,有子女还送养老院,席子帮地板,相煎何太急……"

二

公安学院搬迁以后,我没有再去过。台里领导见我商业活动少,口碑好,特地安排我去给他们讲讲课。"你就讲你那个新书,不是说上海史的吗? 1950年上海大轰炸嘛,蛮好的,就当是国情教育。对了,你这个讲轰炸的书,为什么封面是你自己的脸? 哈哈哈哈,你是不是觉得自己卖相好,你怎么像高晓松一样的,你是不是也觉得自己长得有点像吴亦凡? 哈哈哈哈……"

(我们小时候写作文总喜欢写"银铃般"的笑声。长大了才知道,银铃般的笑声就跟真实的海鸥叫声一样,只适合出现在作文里,在现实里遇到,堪比噩梦。)

这是我童年以后,第一次看到那么多警察。确切说,他们还不算是警察,而是未来的警察。这样介绍上海文化的讲座,我讲过不下二十场,每次都用同一个PPT,笑话都是一样的。和许多上海史专家不同的是,我还会讲点美国,还会讲点上海人在美国,好多故事都是我母亲讲给我听的。她后来的丈夫,原本是一个国际海员,1990年拿着护照和海员证跳船跑了,一起跑的还有几个人。后来成了中餐馆老板。人很勤快,看得懂英文报纸。我在美国读研究生的时候,会去餐馆帮点忙。他也会给我发薪水,顺便叫我不要回去了。我母亲替我回答:"他不肯的。他很怪的。"其实我觉得,是她不想我过多地影响他们。他还教了我两道菜:干炒牛河和炒泡面。在美国,他们过着和中国差不多的日子,甚至还要更"中国"一点。我母亲会叫她儿子"阿拉小美(国人)",令我误会他从小就决定好了性向。

讲座开场十分钟后,广播就开始分局点名。指挥中心的人在电台里显示了自己的权威,广播也是关不掉的,就这样测试声音传递的效果,惹来哄堂大笑。笑着笑着,我突然想起父亲。他的音容笑貌,他对我的诸多不满,宁死不屈那种不满,真令人无法买账。后来他每次点名家族聚餐,我都不到。过年更是直接宣布"不在上海"。他在新家庭里逐渐建立起了新的威望,成熟的威望,时间赐予他新的天伦之乐。他也不再期望旧家庭的认同,不再指望我。我记得他曾对我说:

"我跟你妈,老早那么苦都过来了,人总是有感情的。"但他没有说对我有没有感情。我也很苦。我也过来了。

我本应该坐在下面。我坐在下面,和他们一起当学生,笑着笑着笑到桌肚下面去。父亲就开心了。

我最后一次接到父亲的电话,他说我在节目里胡说八道,误导年轻听众。"什么空军寡妇,有什么值得同情的。1950年杨树浦广兴码头死了多少人你知道吗?报纸上说两个人头都炸没了,人生父母养,你有没有心肠啊。扬子江拖驳公司死掉的船员,只有三个有名字,一个姓郑,一个姓邵,一个姓周。其余都没人认领尸体,横死街头。码头旁边还炸死了三头羊,活着的一头眼睛里一直在流血。这是谁干的?你读过大学的心里没点数吗?我以前在电台里听节目都做笔记,现在听你讲话只能记个屁。你跟你妈在法拉盛刷盘子把水刷到脑子里去了吧?她忘本你也忘本,你是不是活腻了,活腻了你把家里门窗关关好西装穿穿好开煤气啊,要不要你爷老头子上门来帮你啊……"

我这才知道,父亲平日里是听我节目的。他听我说到的那些节气时令,春雨惊春清谷天,夏满芒夏暑相连,秋处露秋寒霜降,冬雪雪冬小大寒。我们没有一天是在一起度过的。我的工作就是在广播里号召大家在一起过节,不过节枉为中国人,不吃攒奶油蝴蝶酥青团枉为上海人。我那么虚伪,父亲倒没有生气。

父亲是个对很多事都抱有非黑即白的认识和刻骨的仇恨的人。就和跟我握手的学院院长说的差不多："我们这里的学生啊,思想都很淳朴,人都很正派的,没什么乱七八糟的想法。"奇怪的是,他又和北新泾桥下钓鱼、顺便说说抗美援朝往事的老头子不同,他是真的很气的。回想起来,父亲那时应该已经患上了毛病,身体不痛快,心里也不痛快。不过,他没有跟我说,他的徒弟(那个终于也不再年轻的老婆)也没有跟我说。父亲撩起电话骂了我一通,我都懒得骂回去,你怎么能和自己徒弟结婚呢,你脸都不要了吗? 后来又过了一段日子,他就病逝了。据我继母跟我说,父亲没有留话给我,他到死都不想见我。她还说,你当时应该多给你爸爸打打电话的。他每天听你节目的。你每次在广播里"哈哈哈哈哈"笑,他都很不开心。他没亲眼见过你这么"哈哈哈哈哈"笑过。现在也没机会了,你去坟墓前,也不好"哈哈哈哈哈"笑给他听。

"你给他埋在哪?"

"金山,树葬,一棵树东南西北四面,可以放四个人。"

"你们一起?"

"没有。他一个人。"继母说。

搞得我很搓火。但我忍住了。她眼见老了不少。她也不容易。不知道图啥。再嫁,也不会容易。

所以,从某种意义上来说,我已经是一个孤儿了。"上海孤儿",听上去像一部名著。我有天在电台里说了一些自己的事,没有忘记说这个梗,我说,天地之间,我只有和"上海",有比和父母在一起更长久的感情。上海陪我的时间更长了,它还将越来越长,天长地久一样。随后就进了广告,再后来我又播送了一段南北高架下匝道均有拥堵状况发生的新闻……日复一日,生活的惯性是如此。总好像有过一点强烈的感情,愤怒、嫉妒、委屈,差一点要爆发,转眼又好像什么也没有发生过。

讲座结束后,有位教务处的工作人员加了我的微信,他说他听过我的节目,很喜欢我说长辈们的故事。他给我的留言,就像很多听众一样,是一整屏一整屏的心声,不能细看,细看会有一点难过,而我早已经过了随时随地难过起来的年纪(总有一个难听的声音在我耳边泼冷水:帮侬搭啥界呢?):

我爸是十八岁从上海到安徽,我是十八岁从安徽到上海。我今年三十七岁,在上海十九年,超过安徽了。我儿子有时候开玩笑,说我是外地人,我说你是上海人,不会说上海话,算啥上海小孩?

我爸喝了酒就喜欢说他插队的事情。你节目里说过的白莲泾,我也特别有感触。我爷爷家以前就在那里的,名叫大何家宅,是很多平房连成一片的住宅区。我爸小时候,会和小伙伴从白莲泾桥上跳水,有一次脚踩到河底玻璃,骨头都扎出来了,回家还要装作没事一样,怕被爷爷骂。

具体地址应该就是现在浦东游泳馆对面。

他们那代人,用上海话说,就是很经格,不娇气。

上海话中"经格"是"经得起折腾""经受得住冲击、撞击"的意思,是一个男人词,不太用在女人身上。生猛者"经格",孱弱者"勿经格"。看得透"经格"的人,大多都是不够"经格"的。人对自己不够狠,受不了晴天霹雳,就成不了大器。

父亲对1950年上海大轰炸那么敏感的原因,是因为他就是那时候生的。七十多次空袭,现在的人简直无法想象。死去的人刚用棺材盛起来,停在空地上,米格机就又来炸一遍。十六铺、高昌庙、杨树浦、浦东杨家渡等地都一片狼藉。死的人中间,就有他的父亲,也就是我的爷爷。后来为了养活他,奶奶在码头扛大包,兼职做油漆工,女人做男人的活,很经格。更经格的是,她见过太多死人,她会用十分文学化的无锡话形容,很多人从虹口和苏州河一带涌过来,长长的三轮车队载着的那些人不知道要去哪儿,"大上海穷人可以生活的地方那么小,不知道他们要去哪唷,开盖货"。

父亲部队复员回来,就当了警察。

"其实我父亲也是警察。"后来我对那位教务员说。

"那你警察世家啊,厉害了……"他说。

"在江南制造局对面附近有一条河叫作白莲泾,河的尽头便是川沙镇,即是沙之川的意思。从这条河进去不远,对面就是董家渡码头,路过的第一个地方叫作六里桥……"我说。

"哈哈哈,你这么说话好像在做节目!播音腔!播音腔!"他说。

如今,我就住在白莲泾路附近,却无从涉渡时间之河中的上海了。

三

那天做节目的场地距离我家太远,出发早,于是早到了。工作人员带我去了休息室,居然还给了我一条毯子。开场前半小时,她又来做了个叫醒,我睁开惺忪的睡眼,从包里翻出脚本,打起精神准备开场振奋人心的那一刻:

22：00开场

男：大家好，欢迎来大牌秒杀日直播间，我是主播邢超。今天是白色情人节，大家是不是都过得很甜蜜呢？今天是杜氏大牌秒杀日，爆款直降，整点抢满99减50神券。现在离活动结束只剩两个小时了，大家赶快点击我们直播窗口右下方抢满99减50的优惠券，这是今天送出的最后1000张优惠券，抢完即止。同时大家也可以关注我们自营旗舰店，领取满79减6和满139减15的优惠券。在今天的大牌秒杀活动中，还可享受3期免息、满99减3、满159减10的优惠，以及爆款商品直降、其余产品两件七五折的超大优惠。朋友们赶紧打开右下角的购物袋选购。在接下来两小时的直播里，欢迎朋友们踊跃地点赞、留言，我们也会送出丰富的礼品哦！

今天是情人节，在这个关于爱情的节日里，我们也想做一场关于爱情的实验。网络上有个盛传已久的三十六道测试题实验，据说两个陌生男女互相问答完这些题后再深情对视，就能快速陷入爱情。听上去倒是有些神乎其神，今天我们就要来完成这个实验！真希望这个实验能成功帮我们摆脱单身狗的身份！

产品介绍1—2

在开始实验之前,我们先来看一下今天大牌秒杀日推出的定制款套装(拿起样品,镜头特写)。这个定制款套装中包含AiR隐薄空气套10只装,听这个名字就知道是极致薄,薄如空气的质感哦,还附送一个可爱的Joy公仔,很适合狗年。这组套装原价169,今天的活动价69。还有这款空气快感三合一套装(拿起样品),包含8只AiR隐薄空气套、4只AiR润薄空气套以及4只螺纹装的组合,多种体验多种体验,原价109,活动价68.9。需要的朋友可以点击购物袋立即购买。稍后我们还会介绍其他超值优惠的产品,请大家持续关注哦。

男:你有听说过网上盛传的三十六个让人快速相爱的问题吗? 例如,给你一个任意的机会,你会选择和谁共进晚餐?

我看到弹幕上有一个名字飘过,"阿德"。她说:"邢超。"

第10题,你最珍贵的回忆是什么?

阿德:"家住乐山三线,妈妈在乐山,爸爸在犍为。爸妈在家说的都是上海话。"

第21题,你的家庭亲密、温暖吗?你觉得你的童年是不是比其他人更幸福一些?

阿德:"长安大道横九天,峨眉山月照秦川。除此之外,没有什么值得回忆的事。"

第29题,你爸妈有最讨厌的人吗?

阿德:"苏联人?"

第36题,分享一个你的私人困扰,并向你对面那位请求解决建议,请他(她)以自己的方式来解决。然后,再询问他(她)对于这个问题的个人感受。

阿德:"我是上海人吗?"

弹幕这样的东西,其实并不新鲜。我们以前做节目的时候,算是观众留言区。节目做到后半程,总会念出一两封读者留言作为互动,最多的情况是点歌,也有粉丝问嘉宾问题的。编导会自动过滤许多奇怪的问题,例如"人人都说你是当代著名作家代表人物之一,请问你什么时候写出《战争与和平》",又如"听说你是美女钢琴师,请问你美在哪里",等等。这样的话在传统广播节目里,绝不会被念出来。弹幕就不同了。在直播间人人都可以看到,"前方高能

(。····—·。)"、"前方还有高能!!"（改变透明度效果）、"跟着我左手右手一个慢动作"（文字沿路径移动效果）、大惊小怪的小黄人.gif……有时也会遭遇尴尬的情况，例如同事在厂商直播卖泡脚桶的时候，弹幕说"脚大放不进"，另一则弹幕回应，"上次卖避孕套，他们也这么说"。

上次，是哪次？我那次？我那次在卖避孕套的直播间看到最无厘头的弹幕明明是："敏感肌可不可以吃？"

我长久凝视着阿德的弹幕，它们烙印在我的脑海，令我失神。我用微信点收了厂商两千块钱酬劳，没有问他们"现在政府鼓励生育了你们还好吗"。下周的商务，是要去一个企业家太太的读书会讲海派文化。在我之前，她们要在合唱团练声，在我之后，她们还要学插花。我看到自己的名字，被植入一个又一个彩色的表格里，看到自己的笑容做成海报，听振奋人心的开场借用我的声带传播出悠扬又浑厚的效果，越来越觉得虚幻。在直播间我看不到对方是谁，我当然知道很多人都在听我说话。如今我看到的真实听众，已经远不如虚拟世界的想象来得动人。不知为何，现实生活喜欢对称和轻微的时间错移。例如在阿德答非所问的弹幕里，似乎就留有文字沿路径移动效果的空间，召唤某种神秘的历史回忆纷至沓来，它们洇染，弥散，渐变，凿破了世事递迁的永恒流，泄露了生命的明辉与狼藉。

四

"上海的听众朋友们,你们知道吗? 目前上海在全国共有四块飞地,这四块飞地上的人都是上海人(罪犯除外),有上海身份证:1.上海洋山港,隶属于浙江省舟山市嵊泗县崎岖列岛,由大、小洋山等数十个岛屿组成。2.上海梅山冶金基地,在江苏省南京市附近。是上海的钢铁基地之一,成立于1968年。3.上海盐城大丰农场,在江苏省盐城市大丰区中部地区,上海在此建有三个农场,安置知识青年和关押劳教人员,最盛期拥有八万知青。每年供应上海粮油等物产。4.上海市白茅岭监狱,在安徽省皖南郎溪地区,是关押在上海犯下刑事性犯罪人员的监狱。上海在战争时期遗留的未爆弹药在此销毁,为目前四个飞地中最小的……

"好啦,那么我们来问个小问题,唐人街算不算飞地呢? 广告之后回来。"

上海话念"唐人街",和"荡人家"是同一个音。以前自行车带人,后座上的人都是侧坐的,脚踩不到踏板,就晃荡在半空(类似《甜蜜蜜》里张曼玉坐在黎明自行车后的场景)。"荡",是载人的"载",又是悬空的脚的姿势,一语双关,很有意思。广告后,我就说了这个原创的方言谐音梗,听说这两年非常流行。

那天,我还请阿德来上了我们节目,她通过层层安检,出示了行程码、健康码、保证书、身份证,完成了复杂的审批。我们最后会给她一百块钱嘉宾费。

她好像在弹幕上留下了自己的手机号。

我好像拨通了她的电话。鬼使神差。

她比我想象的成熟很多,与发射弹幕的无厘头很不相称。

我在节目里问阿德:"你觉得你们三线的生活,算不算飞地? 你看你啊,出生在四川,和爸爸妈妈在一起说的都是上海话,骂人都会骂出上海话。在美国,也有很多上海人是这样生活的,年轻人只会说英语和上海话,上海话里妈妈熟练的唠叨骂人都可以复刻得惟妙惟肖,但他们不会写汉字,也不会讲普通话,像不像?"

"那我会讲普通话,我也吃辣的呀。我是半个四川人,半个上海人。"

"像你们这样会说上海话,但身份证是511112开头的,还有多少人啊?"

"听你这么描述,搞得我好像脱口秀演员一样的……很多人,基本都回来了,大隐隐于上海市。"

"真想跟你们重新回去玩一下。抢救一下历史。哈哈哈哈。"

"要得。"她说。

我去过几次四川,都是出差。参观过酒厂、地震遗址,其余时间都在火锅店。记得那里群山环绕,非常潮湿。交通也不算太便利。解放前只有川陕、川黔公路和长江三条出川通道,解放后才建成了成渝和宝成铁路。三线建设期间,又新建了成昆、川黔等铁路和省内公路网。出于战备需要,正如阿德描述的,她的爷爷和外公,支援的是兵工厂建设,后来才转成机械。奶奶因为担心爷爷出轨,索性也跟去了。去的时候容易,回来就难了,只能带一个孩子。阿德的父母亲,都没有被家长选中。他们兢兢业业留在四川,只等着退休回上海养老。留给少年阿德的只有一条路,就是高考,通过考试回到上海。那也是很难很难的。办户口的时候,员警对她说,她这个情况有点复杂,因为她不算三线后代,他父母没有支援建设,所以建议她写一张说明书。这张说明书,她一直留到今天,留到那位员警光荣退休,都没有拿到上海户口。她比我会讲故事,真该请她去学校跟大家说说程咬金镇压铁山獠人的古代故事,诸葛亮也是在铁山道建兵工厂造兵器的,与荣县铁厂镇的汉代冶铁炉一脉相承。到了她这里,只留下了一点困惑,一点怅然。

阿德带我去的地方非常隐蔽,重峦叠嶂,有许多树木和天然溶洞。整个厂区,都是围绕着一座山头建设的,最鼎盛的时候,据说有三千多人。1970年,阿德的母亲就在那里上班。后来考了会计证,从分厂调到总厂,在总厂跟着领导做事,领导说盈利就做盈利的账,领导说亏损就做亏损的账,她一辈子都不知道为什么,但是执行得很好。1986年,新厂搬迁到了成都,旧厂就荒废了,交给了当地政府保管。与此同时,阿德出生了。她出生在一幢四层楼高的厂区宿舍里,楼道间的窗户是十六宫格蜂窝状的,其实并没有玻璃,那只是透气口。阿德说,还有一种透气口,是菱形的。飞地乐山,如今已经几乎不见了。大渡河金口峡谷,倒是很具体。人和物,均不如山河长久。只在一些人的记忆里,过往还有一些情感记忆的存档。他们不在了,一切就都被清空了。

阿德闪烁着奇异的眼光,凝视着我,对我说:"我刚来念大学的时候,就开始听你的节目。你语速快时,会有上海口音。我听得出来。你讲英文很好听,我们四川考来的,英文口音都一般。"

我突然发现她有点好看的。我也突然发现自己有点膨胀,这是我最熟悉的粉丝眼光和场景。我也早就学会了克制自己的虚荣之心。我筹措了一些谦卑的神色,说:"那个读书节目,因为收听率太低,后来关掉了。"

"你去做杜氏的直播,应该也是为了钱吧。"

"谁不是呢?你也是个大人了,应该懂得生活不易的道理。你看这里的人,哪个是容易的?"我说。

"你把自己的头,印在自己的书上,应该也是被迫的吧。"

这倒戳到了我的痛处。我无话可说,只是看着她笑。这个笑容,也是拿捏熟练的笑容。不至于笑到抽筋,也不至于真的愿意笑。

"你以前的节目比较好听。有一次,你念过契诃夫一个短篇小说,叫作《主教》。它的结尾写到那个名叫彼得的主教死了,一个月后,一个新的主教到任,谁也不再想到彼得,他完全被人忘记了。只有他的老母亲每逢傍晚出门去找她的奶牛,在牧场上遇到别的女人,谈起自己的儿子和孙子的时候,才会说到她有个儿子,做过主教。她说这些话的时候总是生怕别人不信她的话。并不是所有人都信她的话。后来我看了那个故事,有足足四节写了主教在复活节前的活动,他与这个小镇上其他普通人几十年的交往,他牵挂的人、探望的人、理解的人,他若隐若现的疾病。结尾,人们忘记了他。"

"是,是有这么个故事。"我说,"没想到你是个这么有灵气的年轻人。我已经不是了,那个我已经死了。你要加油哦。"我心里突然有些不是滋味的东西翻腾起来,胜过了我听说继母没有和我父亲合葬的计划时的不爽。

"你改变了我。"阿德说。

她好像越来越美了,在月色里。("你披星戴月,你不辞冰雪,你穿过山野,来到我的心田。")

"嗯? 你展开说说?"我好奇地问。

"那之前我和去四川的家人一样,都非常讨厌俄国人。像你父亲讨厌大轰炸。你永远不懂的。"阿德说。

天尽黑了。

我小时候听父亲说,不要在天完全黑才下山,不然就什么也看不见了。这是他们军人的说法。我从来没有验证过,上海没有山。这常识原来是真的。之前还有的天光,很快就没了。有很长一段路,我们什么话也没有说。只听得到风声。再后来,我在漆黑里也看不见她了,看不见她的眼波,也看不见她的方向。月亮也不见了。我还想,我是不是不应该说我已经死了,而她还活着。这样爹味十足的话,让她不开心了。

我摸了摸口袋,有一张触感绵软的纸,不知道是什么。没有月光了,山林里也看不清是什么纸。我摸了纸的纹路,闻了闻,它好像一张百元钞票。它是不是一张百元钞票? 我又抬头照光源,还叫了一声:"阿德。"

没有回音。但是,我感觉到有一片云披星戴月、不辞冰雪,穿过了山野,荡过去了。

一 春过

一

搬家整理时，齐茜翻到一张十年前的婚礼邀请卡，意识到中学同学已经结婚十年，岁月如梭。她稍微想了一下，要不要给这张请柬拍个照，发个短信到某个群组，或者某个个人，毕竟这是这个时代最便捷的社交方式了。不管是三四人的小群组，还是同学会的大群组，很快就可以收获一些奇奇怪怪的表情包，一些夸张的惊叹号……等这些符号再被新的热议新闻给盖过去，什么真正的联结都不算建立，只能算轻微的维护。科技试图拉近人和人的距离，结果总是适得其反。有些人早晚会散落掉的，有些人再难"邀请"回来。总有一天，任何人与任何人都可能被科技的更迭彻底隔离开来。这也是可想而知的事。

她于是没有点击发送。手机拍的请柬照片于是就像灰尘一样，暂时留在了她的手机里。

那年，参加完婚礼之后，齐茜紧接着又参加了一场葬礼。新娘乔乔的母亲后来因为癌症过世，用传统的话说，那场婚礼就是办来"冲喜"的。这使得"喜"字带上了命运的包袱，像一朵乌云般地留在了每个宾客心上，又不好直接说出来。乔乔的母亲坐着轮椅上台，还发了言，她并没有表现出对婚礼本身有特别的期待，只感伤地说："人生说长不长，说短不短，希望女儿能好好地生活，不管发生什么事，希望女婿也好好地生活。"紧接着迎来的是令人尴尬的沉默。退场时，那位妇人的轮椅压到了乔乔的裙子，令乔乔差点摔倒在舞台上，转移了宾客的注意力。司仪蹲下来帮忙，却不慎扯坏了一个裙角。新郎一直在旁边手足无措，敬酒的环节，他甚至还在墙角哭了一会儿。伴郎说，新郎喝上头了，没事的。他到底在哭什么，没有人知道。婚纱裙是租来的，价格不菲，后续还有一连串复杂的赔偿交涉……杯盘狼藉后，新郎吐了一地，这又引来了酒店的经理和面无表情的清洁工。新郎被一堆小伙子架去医院看急诊的时候，乔乔稚嫩的脸上堆着满脸妆，她茫然地问他们："我要不还是跟你们一起走吧。你们说，我要去医院的吗？……我妈呢？"

那些纠纷和狼狈曾是她们姐妹淘之间的冗长话题，乔乔以此来感慨婚礼的不完满，感慨人生的不顺意。她们几乎不提那位妇人后来病故的事，就像没有这件事。奇怪的是，即使在母亲的葬礼上，乔乔也没有表现得特别伤心。也许是有了很长时间的心理准备，又或许是人总有规避痛苦的本能。葬礼过后一年，她很热情地投入到了枯燥的婚姻生活中去，她对蜜月酒店定在了快捷酒店大失所望，又觉得买了打折的老庙黄金婚戒十分不浪漫，她不喜欢洗碗做家务，不喜欢频繁的夜间生活，她甚至幼稚地问齐茜，你说，如果不做那样的事，处女膜会不会长回来呢……再后来，一年又一年，齐茜去了日本留学，毕业后先是在东京的设计公司工作了一阵，而后又回到了上海。几年里，她给闺蜜们寄明信片、寄面膜、寄手帕，总不会忘记乔乔。她们也曾邀约要一起出去旅行。齐茜回到上海第三年，还有曾经的闺蜜在微信上问她："你什么时候从日本回来呀？"令她不知道该怎么回答，不知道友谊到底出了什么问题。不知从何时起，曾经甜美的女性活动就渐渐搁置了，就连她们彼此的生日，也要过了一两个月才会突然想起来。三十岁以后，几个人一整年也不见得能说上一句话了。发了朋友圈，不再相互点赞。分组可见的朋友圈，就更显得凄凉，墓碑一样地，展览着无人问津的生活表演。齐茜日常生活真正的社交内容，是周末叫一个上门按摩服务或深度清洁，有时和按摩员、保洁阿姨的聊天话题，会深入到仅次于同行峰会的茶歇。

那场遥远的婚礼,齐茜曾免费担当了现场插画的布置员。想起来,那是她最快乐的日子了。她满怀期待,每个走进礼堂的宾客都可以看到她精心绘制的《爱的记录》动画,就连自己的婚礼,她也不曾参与那么多杂事。她把乔乔说的爱情故事,翻译成了活泼的剧情,还配上了当时流行的音乐。紧接着的葬礼就不需要这样小清新的环节了,但齐茜还是在白包上亲手画了个天使。悲喜更迭,齐茜觉得自己和那对夫妇之间有了一些微妙的情感联结,可惜婚礼的主角们并没有意识到。直到如今,齐茜依然在电脑中保留着那两个人的设计图像。在有机会制造人偶的时候,齐茜甚至动过一点心念:该不该把同学做成大型玩具呢?这好像不太道德。于是便努力去忘记这个念头。

文艺电影里说的"念念不忘,必有回响",好像是真的。搬完家后,齐茜慢慢忘记了那张请柬,他们两个反而突然找到她,请她去郊区轰趴。这很有意思,多年不见,突如其来的轰趴邀请,的确让人跃跃欲试,还有些校园情怀自带的滤镜,好像这些年的失联都是不存在的。开车的途中,齐茜甚至有一点紧张,紧张到觉得自己就像一个心怀鬼胎的作品一样,怕被别人看出真正的意图,又怕别人完全没有看到意图。

"每只电视机里都住着一位懒得往外爬的贞子",这是齐茜近期玩具作品的代表作。她觉得乔乔的婚姻就是一只驼背的、拥有暗黑机箱的中古电视机，背上贴着红色的喜字。而自己是那个"往外爬"的意图。一般没人看得出来。

二

乔乔和阿泽的家暂时看起来还像一个别墅的样板房，没有太多生活气息。从外面看来很是不错，在日本叫一户建，除了取快递和丢垃圾不太方便，可以省下一些物业费用。院子，也是新时代上海人美好生活的必备设施，院子里该有什么呢？可能是动物，或者一些自己种的植物，搬运来、搬运去可以发发朋友圈照片。也有人喜欢静态的院子，假设自己有退休人员一样充分的空闲时间，坐在室内凝视屋外静态的风致，明明都在市区上班的。进入房间，乔乔就感到一种职业惯性带来的失望。采光和色彩的组合，就像一个新学生拿着笔一直画线一直打草稿，最后却写不出什么可以用的东西。家具都是网红品，网红的胡桃木餐边柜，网红的人体工学椅，应该花了不少钱。就连烤箱和咖啡机也是不那么实用，但可以用很久很久的日本货。不过，人人都经历过这样的时期，家庭生活本来不应该拿出来展览，硬要展览一下，就难免期待自己可以和别人不一样。

因为喜欢画画,很长一段时间,齐茜都在摸索自己在哪一种类别的绘画中与众不同。后来开始学设计,做玩具打样,做书籍封面,做帆布包,做T恤衫,最后都不成气候。真是一段黑暗的日子啊,好像什么都会一点,又什么都觉得没多大意思的坏日子。唯一的好处是,克服了那个阶段以后,她就不怎么害怕和别人不一样了。只要将职业理念像切换游戏一样切换出来,她也不再嫌弃一块钱一个的超市玻璃杯,抓娃娃机里十块钱一大袋的批发毛绒玩具,或者标签印很显眼的T恤衫。反正自己设计的东西,自己未必买得起,最后不知道去了谁那里,都用来干些什么,抚慰些什么。她亲手所制的建模图,不过是上帝意志附着于人性想象力的一道工序,帮人实现怪怪奇奇的欲望,美其名曰:工业设计。

乔乔在厨房转身取杯子的时候,居然撞到了头,可见她对家里的动线还不熟悉。齐茜假装没有看见她狼狈的那一面。有时她自己喝多了酒,也会撞到这里或那里,第二天起床,痛入骨髓。乔乔悉心导览的时候,齐茜看到了他们的卧室里,有她那一年给他们夫妇制作的动画画像,配着画框。画框里可爱的新郎新娘,流的眼泪、冒的汗水都是草莓的形状。以她现在的眼光,显然能看到不少技术上的问题,更重要的是幼稚,幼稚中还带着自命不凡的浅薄。其他地方的装饰画就都是淘宝艺术品了，也不知道象征着什么。他们家的晒台很大，晾衣架上面挂着一些年轻女生的衣服，蕾丝的裙子袜子，裙子背面居然还有鱼线。鱼线那么细，这样穿着，背部皮肤很容易拉伤的，需要贴很多创可贴。齐茜猜测，他们可能有了一个女儿（还是有过？），或者领养了妹妹？这个充满疑云的念头一闪而过。她总觉得，多年不见，乔乔的眉宇间有她难以读取的太多讯息，这些讯息都和"婚姻"的符码有关，汇聚到发送出"邀请"这个动作时，则显得过于动机不明。和齐茜说话的时候，乔乔依然有少女时期的热情。乔乔的脸上几乎看不到岁月太深的痕迹，不过也有人说，这是中年女子互相体恤的一款滤镜。不愿看到闺蜜衰老，就像不愿看到自己衰老一样，是一个心灵镜像，并不是岁月的真相。这也很"艺术"，最深刻的真实存在于滤镜形成的机制本身，像一种仅由女性色彩形塑的祈祷（我们祈祷对方永远生活在结婚前）。

客厅很大，有柔软的沙发。她们在一起（配合着蓝莓和车厘子的布景），回忆着少年往事，像一种相互默许的浸入式表演。总有一些残酷的瞬间，齐茜会想起青春深处的肯德基土豆泥、车站前的里脊肉，或者劣质的合成饮料，那似乎才是真正欢快的友谊象征，无性别的、粗粝的青春狂欢。而此刻，沙发上所有的笑声都在提醒着她，有些事情回不去了。

模糊不清的直觉将她拉至失望情绪中。她们曾经是姐妹俩。她们现在其实无话可说。她们的灵魂早已互相取关。她们曾共有的那个历史世界空无一人。

就连"我们为什么那么久都没有联络啊"这样的场面话，聚会里都不曾听见一句，这很不真实。派对后来又迎接了一男一女，据说和乔乔、阿泽夫妇是大学同学。他们推门而入，热情相拥，其乐融融的反馈扩大了。在客厅里，五个人一起追溯了一些不重要的故事，例如看过的演唱会，年轻时在育音堂给张国荣过的生日，议论了一番如果尊龙去演《霸王别姬》会有怎样的结局，如今欧阳娜娜的琴艺到底算是什么水平……细枝末节的聊天细节中，齐茜推测两人的婚姻都有些问题。谁不是呢？这不禁让陌生人猜测，他们之间会不会有火花呢？好像在看一个老派的戏剧。聊天的间隙，乔乔时不时站起身来做咖啡，中间咖啡机似乎还堵塞过一次，乔乔对丈夫耳语了几句，阿泽面无表情地去车库取了一个车载吸尘器回来。乔乔打开了咖啡机，又打开了车载吸尘器，发出了一些真实生活的噪音。吸尘器的力道不太够用，她又与阿泽耳语，阿泽去楼上拿下来一个玫红色的电吹风。如果没有看错的话，是一个崭新的、昂贵的、奢侈的精品电吹风包装。这使得他俩真实生活的噪音变得更昂贵了一点。不久，乔乔终于又回来客厅，和大学同学继续讨论移民、代孕和国际旅行。

有一刹那齐茜陡然觉得这个客厅和小时候看过的电视剧《围城》很像,赵辛楣在女神苏文纨家遇到了方鸿渐,两人说到欧洲局势现在怎么样,赵辛楣轻蔑地、自负地、说了等于没说地声称:"很微妙。"

很微妙。("红海早过了,船在印度洋面上开驶着,但是太阳依然不饶人地迟落早起,侵占去大部分的夜。")如同暴露侵犯性动机的、迟落早起的太阳一般。

"我们为什么那么久都没有联络啊?"齐茜插了一句真诚的问话。但这问话显然不是抛向另两位陌生人的。

阿泽说:"我们两个常常说起你的。以后我们要多多联络啊。年纪大了,朋友就少了。突然找到你们,大家认识认识,也是一段缘分。"这简直是比"很微妙"的总结还要更"场面话"一点。乔乔则在一边添茶,并没有回答,也没有可以被有效读取的表情。她烫了卷发,还染了颜色,齐茜方才都没有看出来。这一刻因为用力看她,终于看出来一些变化。

齐茜在新添加的微信好友里看到了Jo刚刚发布了他们五个人的咖啡杯照片,说:"好久不出门,参观朋友新居。我有旨蓄,亦以御冬。"非常文艺清新。

齐茜给她点了一个赞,然后问她:"所以你是在哪里工作呀?"

"我在大学教德语。虽然也不是什么好大学。"Jo 回答。

"她在德国留过学。"一旁的马先生补充。

"对,后来我丈夫因为抑郁症自杀了,我也就回来了。好多年了。"她口气温和,好像事过境迁。原来并不是离异。

"你也在德国留学吗?"齐茜问马先生。

"他在苏联留过学,你猜猜他几岁?"阿泽乱入回答了一番,抖了个旧包袱。

齐茜看了看手机,马先生不用朋友圈。

马先生问齐茜:"你头上为什么有个淤青? 你们女孩子现在怎么都搞得伤痕累累的。乔乔身上也有伤的。"

齐茜回答:"我刚搬家,路线不太熟,撞的。"

马先生说:"你是在家喝多了撞的吧。我是卖酒的。我懂的。"

齐茜问:"卖酒的你不用朋友圈?"

马先生说:"因为我是真的卖酒的。"

齐茜说:"哦! 钢铁洪流伏特加!"

大伙就笑了,笑得仿佛认识了很久,关系还特别好。从未有过冲突矛盾,也没有碰杯把梦给磕碎了的声音。岁月的温和不劳而获,慷慨将欢乐注入似真亦幻的社交场。他们五个人除了没有共同的回忆,什么都操演得很顺畅了。如果还有一双眼睛,必定能误会友谊地久天长就是这样的风貌。为了应和这般良好的友谊，齐茜发布了她珍藏已久的、乔乔夫妇的结婚请柬，配上了他俩新居卧室里她亲手设计的人偶图画。

她写道："好久不见，恩爱如昔。（爱心爱心爱心）"

却没有一个人回应。鬼气森森，一如往昔。

三

马先生是一个公务员。

十二月头上一个暖和、晴朗的早晨，马先生发微信问齐茜："好久不见，有空出来吃个饭吗？我请你吃饭吧。"其实也不算过了很久。

马先生后来对齐茜说，他见过她，在婚礼上。

齐茜明知故问："我的婚礼上吗？"

马先生就笑了。这笑容有点像年轻时候老演苦情戏的金城武，让人觉得他明明没必要那么苦。两人等同于互交了投名状，不必冒充单身。

"你让我想起我太太。"他的调情开场白的确像个老派人。

不过，马先生显然对齐茜没有其他的兴趣。他只是想找人说说话。这让齐茜感到舒适，至少，他也觉得那个房子不是说话的地方。尽管它看起来就是为大家在一起说话而布置的场景，如同微信一样。

马先生家境不错，他将家庭出身放在了谈话最靠前的位置来介绍自己，对自己的上海身份感到无比自豪，无论是平庸的事业还是失意的婚姻，都无法挫败他身为上海人的自豪。太太是大学同学，当然乔乔、阿泽也认识，他们甚至一起参加过那场婚礼、那场葬礼。不过齐茜不记得那两位的脸。马太太大三的时候去波兰游学，那时波兰刚加入申根区。在马先生的描述下，那鬼地方天色阴郁、积云不散、冬天大片雪原沉默无垠。太太回来结完婚又去那里念学位，他俩从MSN时代活活熬到了用Zoom会议室视频聊天的时代，她居然还没有念完。她也没有提离婚。像马先生家族里的表妹或者小女儿一样，她每年暑假和圣诞节风尘仆仆回个家，中间还给马先生织过一条围巾。

"这当中其实我是有机会去波兰工作的。你知道吗？你看我卖相那么好，人品好出身好，后来有人留意到我，给我打电话，让我外派出去，工作很体面，还可以和妻子团聚。唯一的要求就是有一些社交活动，做一些记录。谈的时候啊，我连负责人的面都没见到，和他们约在上海一家（我不能告诉你哪家）五星级宾馆，我觉得肯定有人在后面看着我，而且对我很满意。我也很开心，但是我太太不同意。我太太说，这可不是什么好工作。我猜测她不希望我去，一定是因为她不方便。因为我是方便的呀。那条围巾，就是那个时候亲手织给我的。你肯定觉得很奇怪，为什么我知道是她亲手织的。因为她跟我视频的时候，就一直在织，一边反对一边织。你说她爱不爱我？你说她为什么不让我去陪她？后来她给我听一首歌，不过这是最近的事了，叫《波兰的首都是上海》，你说她是不是有毛病？她也不小了，三十几岁了，又不是大学生，发发这种幼稚的福利我就要一直等下去吗？我被她耽误了啊，耽误了。每天吃好晚饭，连个一起散散步的人都没有。我又不缺钱，我也不缺小姑娘，我为什么要每天华山路散完步卡着时间回去跟她通电话，听她一个女的跟我说中国战队征战卡托维兹啊，我自己看不懂微信吗……"

"斯大林城……"齐茜轻声说。

"咦？你怎么知道的？"马先生好奇地问。

"哦。有一个做娃娃的德国人出生在那里。"

"洋娃娃吗？"

"不全是。你可以理解为一种大型手办，大部分都是女孩子，可以给她换漂亮的衣服……"

马先生听到这里，眉宇间突然闪过一丝狡黠的神色，这和他的公务员身份不太相符。

"我听说，现在东莞的成人娃娃已经做得很好了，可以出口,而且收入很好。扫黄之后,很多产业都转型了。原来你是做这个的啊? 真是没想到,看不出来啊。太神奇了!"

"我不是做那个的。"齐茜微笑着答,"你搞错了啦。"

"不好意思,那你是做什么娃娃的?"马先生问。

"我最近刚做了一个从电视机里爬出来的贞子娃娃。"

"你骗人……"马先生笑了。

齐茜也笑了,笑声里充满了生活的谜语。

"所以,你先生在日本也不愿意回来吧?"马先生问。

"可惜并没有人因为我长得好看就派给我神秘的工作。"齐茜回答。

"在家不要酗酒。毕竟是女孩子。"马先生嘱咐道。

"马先生,你知不知道,阿泽家的那些小女孩衣服是用来干什么的?"

"马先生,你提到的乔乔的伤是在哪里?"

"马先生,你有没有觉得他们夫妇有点奇怪?"

"我其实是阿泽的朋友。"马先生说,"现在的夫妻就是这样的。你不怪吗? 我不怪吗?

"但据我所知,你不要见怪,他有些奇怪的癖好,也不缺小姑娘的。你不要说是我说的。"他又补充道,"你看我什么都告诉你了,你也得说点什么吧。"

齐茜想了想说:"我丈夫是设计那个娃娃的。你需要吗?不过娃娃很重,比你想象的重。清洗起来也很麻烦。许多人使用过一次以后,就放着当大型手办了。大部分喜欢娃娃的男人,最后还是把这种事交给老婆打理。有些人买回来放在家里,直接是当女儿养的。也有懂经的妈妈看到她们会说,你好呀我是你婆婆……"

"哈哈哈哈。骗人的吧……"马先生说,"认识你太高兴了,你太逗了。"

四

二十世纪三十年代,人偶教父汉斯·贝尔默遇到了开启他艺术生涯的三件大事。"首先是遇到了他美丽的表妹,这是潜藏在其作品下的原动力来源——性和欲望。其次是他参加了《霍夫曼的故事》(Les Contes d'Hoffmann)的歌剧表演,其中发明家爱上了一个机器娃娃的剧情让贝尔默开始思考创作内容。最后则是贝尔默收到的一盒童年时代的旧玩具,它与另一个十六世纪的木质人偶共同启发了创作形式——人偶式的模型。1933年,贝尔默用木头、金属和灰泥制作了第一个玩偶,她是如此拟真而又陌生。在二十世纪刚出头的年代,各种战争与疾病四起,各种理论和模型相继建立,人类对自身又有了新的认识。被过誉的人类精神逐渐暗淡,躲藏在阴暗里的眼睛开始睁开,人们用自己创造的东西去挖掘、猎奇,探索阴郁。"(转载自微信)

1937年,钱锺书以《十七、十八世纪英国文学中的中国》一文获牛津大学学士学位。方鸿渐坐着一艘法国归来的邮轮,仅一年后,留学生光环消亡殆尽,在上海,方鸿渐受尽人情冷淡,倍感凄凉。书里说,婚姻是围城,其实不然,方鸿渐本人才是围城,他不讨厌,却全无用处。能量低框架弱,这样的人一般都空有一个花架子,这就更叫人万念俱灰又无能为力。齐茜就是画"花架子"的,在类似面具的头部模型中,粘贴着玻璃眼睛与假发,当摆出斜视的角度时,其中一股难以描述的阴森气息才能透露出来。

十二月过后每一天都充满了对那个冬天、那场聚会的回忆。圣诞节的时候,他们五人群里互相发了红包,其乐融融。之后再无实质上的联络了。听说这种弃坑的友谊,叫作幽灵分手。群还在,人也在,但所有的痕迹都呈现为废墟之景。齐茜看朋友圈里的Jo,十二月三十一日在杭州看了柏林交响乐团的新年音乐会,齐茜想起来,那天Jo说过,这是她和亡夫生前的常规活动。朋友圈里的乔乔夫妇新年出国旅游,在新西兰花二百三十九刀跳了个伞，徒步 Lake Tekapo 直至看得到寂夜星空。乔乔换了旅行时新拍的头像，是她和阿泽玩滑翔伞的合照（后来点开看大图，才发现原来后面那位是教练）。马先生没有朋友圈。但他的形象最生动。他是一个很有意思的上海公务员，承接着上个世纪的生活遗风。没有那些浮夸的表演，仅喜欢餐后散步、抖机灵和等老婆。他们五个人再度陷入了"我们为什么那么久都没有联络啊"的舒适圈，好像车载吸尘器、电吹风与意式咖啡机的关系一样，虽说可以对接，但不会长久。生活的本质，就像新电吹风服务的第一个对象不是头发而是堵塞的咖啡粉。再磨得细一点，也许就会好一点。

过完年，齐茜完成了新创作，是一对用鱼线捆扎的乳房，鱼线的尽头是一个充电接口，可以当作床头灯，灯光是草莓色的。草莓色是青春的颜色，爱情的形状，更因为光线不足，照不出生活的本质，而显得舒适。漂亮的乳房本身就象征着需要，消费主义的需要，不是齐茜本人的需要。她更想弄明白的是，乔乔晾晒衣服上的鱼线在婚姻里到底是用来干什么的。这是一个没有答案的问题。如果紧拉着鱼线，乳房就会被拖着往前走，产生疼痛的幻觉，草莓色也展露出血影的狰狞。听说这个作品卖得很好。

她把这个好消息，在腾讯会议室里告诉了丈夫。他也表示很高兴。

"比贞子卖得好。"齐茜开心地说。

齐茜又说:"鱼线乳房设计的灵感来自中学同学。"

丈夫说:"哦,是那对难相处的夫妇啊?"

"你见过吗?"齐茜问。

"我见过你朋友圈和你电脑里的绘图。画得很好的。画出了奇奇怪怪的宿命感。"

"你知道吗? 其实方鸿渐倒是很适合做成一个娃娃。"齐茜说。

"我觉得十个都卖不掉。没有人做男性娃娃的。再过一百年,也不会有这种需求。做出来你要卖给谁啊,也没什么好看衣服可以换给方鸿渐……"

春天的周末,齐茜晕晕乎乎醒来,用手机订好了家庭清洁服务。清洁员曾问齐茜能不能给买一个蒸汽拖把和一个清洁玻璃窗的试剂,以方便她更好地工作。过了新年,齐茜终于买齐了这些设备,无愧于心地再次发出邀约。新年新世,春天的到来总是让人高兴的。寂寞又高兴,一扫冬日的冷峻。更因为清洁员临走时突然摸出一盘鱼线递给她。

"我上次捡到的,掉在玄关了,后来我忘了从工作口袋里拿出来。"清洁员说,"你是不是又在搞创作? 不要折磨自己啦！人生说长不长，说短不短，好好过日子比较重要。"

"好。"齐茜说。

"那位先生啊……"清洁员皱着眉头说，"不灵的。"然后她反而很不好意思，迅速关门跑走了。

留下齐茜一个人笑死了。

她突然想起书里写，"夜仿佛纸浸了油，变成半透明体，它给太阳拥抱住了，分不出身来，也许是给太阳陶醉了，所以夕阳晚霞隐褪后的夜色也带着酡红"。好像被春天勒住拖行至未来的冬天。

缕缕金

一

母亲过世以后,邱言的父亲从工作一生的运输公司退休,开始参加各种各样的民间旅行活动。开始还是胆怯的,活动也很精简,后来就一发不可收拾。据说去年一整年里,他总共游玩了十一个地方,却没有花费多少真实的钱。那些旅行团都号称"超低价",每个礼拜来社区宣讲,主打"诚意"牌,开诚布公把购物行程全都做在宣讲的PPT里,每一处购物安排的地点时间都公开透明。两年来,家中因此布满了各式各样的宣传纸:"88、99块畅游4A、5A热门景点""288元三日游,天天住五星级酒店""488元五日游,天天住海景房"……父亲拿这些彩色的广告纸来垫桌脚、擦脱排油烟机滴下的油渍、包裹水果皮、揩尿液滴过的马桶圈。豪华旅游的广告像灰尘一样布满家里的角角落落,不知道究竟象征着什么。父亲说,那些纸其实全无用处，那些旅游信息看微信朋友圈就可以了。他们会发广告，每天发，根本来不及看，根本不用担心看漏了。花很少的钱走遍全国、走遍世界看似是他晚年的梦想了。父亲甚至找出了邱言上中学时用过的地球仪，煞有其事地放在餐桌上，像一种他刻意建设的生活仪式：譬方他在嚼着自己炒的塔苦菜炒年糕的时候，也可以瞭望地球。邱言看到那个蓝到发黑的球，就想到小时候总害怕那只地球仪会被敲瘪掉一块。如果地球仪瘪掉一块的话，能不能像乒乓球一样，用开水给烫回来呢？

在父亲"叨叨叨叨叨叨"的介绍下，邱言了解了不少冷知识。比如那些低价旅游团并不像微信里说的那样都是黑心的，他们卖的东西基本都是真材实料，有粮油、米醋、牙膏、牙刷、乳胶枕，也有清晨六点半开始卖翡翠、玉石、劳力士手表的，主讲人会特地态度特别好地跟老人们打好预防针："阿姨老伯伯，这一天会有点辛苦喔，这都是为了全天旅行更加充实，我们白天将不再插任何购物点，所以要麻烦你们早起了。"老人本来就早起，一点都不麻烦。邱言每次和父亲视频，父亲都在转述这些有的没的，一点新意也没有。父亲再也不用自己开车了，却会突兀地在视频里炫耀自己的憋尿能力，令人不免怀疑长途旅行对老人体能的考验。父亲还有一些奇怪的经验和好恶，比方他宁取购物团，不取烧香团。他一点也不喜欢烧香，觉得去烧香的女人脑子都有病，和尚们又贪婪。站在山里，却不知道山的历史，也没导游给介绍一下。烧香的额度不够，导游就不给游客吃饭。更重要的是，烧香没有用啊，邱言母亲烧了一辈子香，癌末时瘦成个难民，肚子却鼓胀，撑得皮肤锃亮。如果烧香有用，怎么结果会是那样？这让父亲不再相信"菩萨保佑"的鬼话。他看到菩萨就来气，倒不是真的想知道那座山的历史。

"当然是可以不买东西的，你还真别不信。我们上海人一般都不买的。就算买了，一个月内后悔了也可以退，包邮的，这都是事先说清楚的，我退过的。他们很讲诚信。我原来也不相信……"父亲一遍又一遍这样解释道。更重要的是，他在旅途中开始结识一些小他十多岁的老年妇女，宛如一场丧偶后的狂欢。短短几年间，他手机里的妇女快有一千人。他的自恋和兴奋像被人恶意捅过的马蜂窝一样，令人没眼细看。"我和那些会相信手机里卖武夷山茶叶的老师傅不一样的，手机里面的那些小姑娘，二十几岁说自己失恋了，叫你大哥，面也没见过就说喜欢你，跟你心心相印了，你说可能吗？我的原则是，一定要见面。年纪太小的都很可疑。最好是旅行中见面。这样最能观察出来人的缺点。贪不贪啊，戆不戆啊，我的原则是，绝对不能跟戆女人在一起玩，越玩越戆，她还在你越变越戆的过程中，不断鼓励你……"邱言听这些话时，总觉得脑壳疼。

上次见面，父亲佯装平静地坐在百货商场四楼的日本面馆靠窗口的位置，连续说了四五位丧偶妇女处心积虑想要嫁给他的故事。邱言一言不发，她在心里默默支持着父亲，但始终没法亲口说出来。对她而言，不过是个"继母"，既然父亲已经打开心房，那是谁其实都一样的。父亲有权挑选新的妻子，这不犯法。他挑得那么尽情尽兴、走火入魔，这才让人有点头疼。真人面对面的话，要怎么打断他呢？（烦到关掉 FaceTime 画面的话，父亲会问："你镜头怎么又黑掉了？"）

"你还记得小时候礼拜天，爸爸也给你钱叫你去轻纺市场兜兜，自己吃完夜饭再回来吗？我们年轻的时候做夫妻真是作孽啊。等到后来你上大学了，你妈妈又身体不好了。老早的年代，做男人真是作孽。还有你小姑妈，读书回来就睡在我这里，也不去你爷爷奶奶家，一点也不懂事。我跟你妈只好在阳台里……"邱言很怕父亲会咬牙切齿地说出："生了你。"好在他每次说到这件事，都停在此处卡住，不说了，像一盘打口碟，放到那里倒必是放不出来的。轻纺市场倒是还在的，邱言不怎么记得自己小时候是被父亲赶去那里游荡的（那么作孽）。很久很久以前，她陪大学时的男朋友去那里做过舞台表演的衣服。店员问他，你买长衫干吗？他说演戏。

阿姨问，你演谁？他说周树人。阿姨说，哦那他大致几岁？

想起来，上一次见父亲距离现在也有好一段日子了。那是一座邱言平时常去的商场，她平时常去的日本料理店。父亲是突然找她吃饭的，他做了一桌的菜，但他女朋友突然不开心了，不愿去他家吃。父亲就想起来让邱言去把那桌菜吃了，邱言听罢说："外面吃吧，我还有别的事呢。"他倒也不计较，没心没肺地就出来了。

料理店的角角落落都令她感到熟悉，熟悉的程度要远超过坐在对面那个老人。邱言没有想到，父亲近来已经开始不能吃糖了，一丁点都不能吃，他事先也不说，他只在视频里说旅游的事。这真令人尴尬。桌上的菜突然间显得不合时宜。那天父亲回家之后，例必要重吃一顿午餐，没有糖的那种，吃的时候还要转转地球仪，想到这些，邱言就略感心酸。她只能努力将母亲过世时的片段嫁接到这种心酸之后，以期让内心的波澜能够极速地趋于平静。譬如，母亲火化当天下午，父亲就把母亲衣柜里的羊绒大衣、只穿过一两次的羽绒服统统送给了保姆阿姨。那些好衣服都是邱言送给母亲的，有的是生日礼物，有的是母亲节礼物，母亲生前都舍不得穿。但父亲没有问过邱言一句，就着急腾出了四分之三个衣柜。他说："哎哟这下我的东西终于有地方放了。"那位住家保姆得了衣服，隔月就辞了职，听说是和同乡一起去了北京。临别，她都没见上邱言。邱言很想对她说:"妈妈的衣服,我能不能赎回来呢?"又如,父亲对邻居说,母亲第一次昏迷就不应该叫救护车,她白白多受了半年罪,还连累到家人。邻居觉得不应该嘴碎,但还是把话告诉了邱言,并且嘱咐说:"不要跟你爸爸说是我说的。他跟很多人都这么说的。"想到这里,邱言才觉得心中好受了一些。眼下父亲算得上硬朗,情感生活也颇充实,还是朋友圈的旅行达人。他旅途中都不能吃糖,多不方便啊,日常生活里只会方便得多,没什么的。

"我跟你讲,跟女人聊天,你一定要掌握一个原则,"父亲不怎么吃东西,反而更加自信地侃侃而谈,"绝对,不能被她们的思路带跑了。

"如果她们问你,你是不是对别人也这样的啊?你是不是也给别的女人买东西呀?你说,这个时候我应该怎么回答?"

邱言心中布满疑云,她不确定父亲是不是真的在问她的意见。她就静静地看着父亲,或者吃菜。她想,最漫长也不过是一顿饭的时间。

"……反正这种时候你说'是',是不对的。说'不是',也不对的。这都是顺着女人的套路。你要说:'你觉得呢?'"父亲脸上略有些得意,"'你觉得呢?'哈哈哈哈。"他又重复了一遍,还得意地笑出了声,仿佛是屡试不爽的经验。父亲把微信翻到那几位妇女的对话框,提醒邱言(或是自己),"这个四十岁出头,太年轻,不知道冲什么来的,我不理她","这个跟儿子关系不好,我不喜欢有儿子的,我喜欢有女儿的,不麻烦,瘫了还有人管"……

父亲真的有点老了,他比手机视频里看起来要老多了。他变老的节点,刚好就发生在母亲过世以后。脸上虽然还眉飞色舞,却遮盖不了脖子上皮肤的松懈,头发也白了更多。他年轻的时候力气大、话不多。母亲话也不多。每天他下班回到家,洗脸水倒在脸盆里的声音,都是比较刺耳的喧哗。男人还是话少一点比较好,现在他这么"叨叨叨叨叨叨",出于女性的自觉,邱言觉得要爱上这样的父亲、愿意照顾这样的他,真的挺难,她为那些表演掏出真心来的阿姨们感到着急。母亲真厉害,她像所有聪明的老妇一样,对丈夫的了解远胜过他本人,她挑挑拣拣把父亲身上最重要、最美好的东西都带走了,留下的那些残余,都不大灵了。

邱言还记得,父亲最后一次帮她洗澡,大概是她快要上小学时。父亲让她站在红色脚盆里,没有脱她的短裤。他眼睛不知道在看水还是肥皂,很严肃。父亲帮她把泡沫冲干净之后,对她说:"你上了小学就是个大人了,妈妈不在的时候,你也要自己洗澡了,听到了吗?"

邱言那时候想:"爸爸是不是不喜欢我了?"但她没有敢问。

二

一次意外的重逢发生在机场。

那时邱言不见父亲已一年余。母亲漫长的疾病几乎耗尽了她，每一个道别的揪心时刻都历历在目。葬礼之后，邱言申请去仙台访学。寡淡如水的一年，唯有孤独令她在异乡耐心地栽培着新的生活勇气，打扫心内的疮痍。奇怪的是，邱言并不怀念他们三口之家的往昔，连做梦都没有梦到过什么团圆的场景。即使父母算得上是别人口中的模范夫妻，即使邱言算得上是模范女儿，她居然并没有什么放不下的"团圆"念想可留恋。母亲走了以后，邱言和父亲都有了一种自由的获得感，这难免令她感到自责。父亲自由的欲望喷薄过了头，也令她有一种连坐的羞愧。发自内心地，邱言并不真心希望母亲的病痛再拖延时间了，父亲也是，但他们都不能说。母亲病到脱相之后，就不太像母亲。她每天吵着要吃油条、要吃油墩子、要吃西瓜、要吃康师傅泡面、要吃秃黄油，但那都不能给化疗的病人吃。一旦他们不让她吃，她就摔东西，打护士耳光，咆哮说"那你们两个买点老鼠药给我吃吧"，好像被丧尸附体。父亲每每被母亲骂到灰溜溜离开房间，也不过是一声不吭地去厨房间剥剥蚕豆或大蒜头。他一直没什么怨言，现在看起来全是假的。结婚三十多年来，他们都是伟大的演员。

邱言也有样学样地扮演着一个热爱家庭生活的女儿，继承着"模范"血统的责任。她和父亲两人，都在深夜聆听过母亲绝望地呼喊"爸爸，妈妈"。他们虽然没有交流，却怀抱着共同的疑惑和惊惧，好好的人的一生，怎么会是这样的落幕？小时候要是学医就好了，邱言想，虽然不能治愈疾病，但在人类灭亡的末路上，丧尸见得多了，心肠一定会比普通人皮实。

在寂寞的一年的时光里，邱言不知道自己到底在修复些什么，不知道最后到底想明白了什么。她为未来的论文准备了一些文献，兢兢业业做了一些没有报酬的翻译，与人握手又道别。生活趋于极简，精神上反而振作了。事到如今，还有什么需要赶时间去做的呢？知识结构稳定了下来，父亲母亲也稳定了下来。一个人单枪匹马度日的坏处越来越可以负担，一个人单枪匹马创造的福利也收割得越来越有条理和层次。比起应对日常生活的枯燥，探微内心的矛盾反而更为棘手。离开日本的前一天晚上，邱言想起小时候母亲对她好的往事，突然哭了起来。可又一想，母亲临终前最后一些深夜里，她的脸颊干瘪成骷髅一样，还要歇斯底里问邱言讨辣条吃，就感到害怕。哭是真的，害怕也是真的，它们似乎不应该一起发生，却切切实实一起发生了。爱是矛盾，是变化，是矛盾在变化的旋涡里不断博弈。好在，母亲再也不会有这样的矛盾之心了，她不会再失望了。她不会看到越来越失序的父亲，力图用整段余生来证明自己前半生的失望。他们用恐惧来瓦解爱，不愿再被"模范"的爱继续勒索，余生的时光不多了。父亲的落幕也不会太灵光。人的末路是不是就是这样的呢？人间的爱欲率先熄灭以后，食欲翻江倒海，狂躁难耐，像沙地里"潮汛要来的时候，许多跳鱼儿只是跳，都有青蛙似的两个脚"……

　　一年的时间真是不够长，只令邱言有理由从与父亲面面相觑的生活环境里搬离，再回到上海，不用再住回去。母亲不在的时候，总有道理不与父亲亲密相处的。这是父亲亲口对她说过的话，像一个巨大的谶语。她还会有一点担心父亲不再爱她，但她不再害怕父亲不爱她了。她学习着面对没有父亲爱她的日子，在未来可期的漫漫黑夜中。

　　在机场，邱言遇到了金泽。

　　这距离他们分手，也有了十多年。他是她第一个男朋友，虽然不是唯一一个，不是最伤心的那个，或者最近最蹉跎的那一个。他们乘坐同一班飞机，直到等待取行李时才认出对方。和电影里拍的一样，两人最初的表情都是没有表情，然后是愕然。重拍一次，显然是可以来个和解的大拥抱，但当时没有，这很中国。邱言说："你好呀！"金泽说："那么巧啊！"好像两个相声比赛得过鼓励奖的中学生。行李来得很慢，引发了一些抱怨。时间是被生生开辟出来的，好像天意。金泽有些尴尬，甚至摸出了名片，其实邱言也尴尬的，但她没有名片。

"我们要不要加个微信？"邱言问金泽。

"好好好！"金泽这么说，"我加你还是你加我？"（这重要吗？）

分组的时候，邱言犹豫了一下，把金泽放在了"家人领导"，那是她发朋友圈会最先屏蔽的组别。分组这样的事，好像是蛰居，第一次的感觉很重要，因为未来更改组别的可能性微乎其微。如此谨慎，涉及"神秘"的心灵距离的测量，邱言和许多年轻人一样，是一个熟手。邱言不常发朋友圈，因为每次发什么会议讯息，父亲都会给她点赞，然后马上发出一组旅行照片。她又不想给他点赞，夹在那些吵着要嫁给他的老年妇女中。她不想和她们混在一起，虚拟的也不想。朋友圈像是一个奇特的舞台，制造着幻觉，将生活里不必真正相遇的人凝聚在一起，用小心心歌颂真善美。放在以前，这样的事只有在婚礼和葬礼上才会发生。

三十五岁的金泽有些发胖。他戴着帽子都看得出头发有些油腻,邱言并不感到嫌弃,旅行到了这个节点,的确是狼狈不堪的,没有化妆的自己一定也好不到哪儿去。她觉得他晒黑了,距离……十几年前分手时的肤色,他足足黑了三个色号。她忍不住偷瞄行李板玻璃反光里的自己,今天忘记吹头发了,机舱令人脸干,润唇膏不知道要不要补一下,还是用一下李佳琦推荐过的口红呢?口红在登机箱里,箱子却上了锁……还是算了吧。

"你去日本玩吗?"邱言问。

"我不是去玩,我是去,哎,我不知道怎么说,我是去分手的。"时隔多年,说起这样的事,他居然还有点不好意思看别人的眼睛。

"啊真不好意思。"邱言说。只是随便问问而已。

"没事没事。我说如释重负,也很多年了。那你去日本做什么呢?"他问。

"我去访学。一年多了,刚回来。"

"太巧了。"他说得仿佛惊魂未定,"你居然还在读书啊?厉害厉害。"

"仙台蛮好玩的。有冷杉雾凇,据说二月上旬最漂亮。也有海鸥,如果你喜欢海的话。"邱言说。

"日本是蛮干净的。"他不知所云地接这话头,又说,"你一点没变啊。"

"老了啦。"邱言说。金泽静静地看邱言,却也没有反驳。这种"静静"真令人失望。

　　金泽一直不算英俊,但胜在风度,在那个男学生都还很柴很拘谨的年纪,能显出别致的气象。他大方、慷慨、侃侃而谈,却不巧是个颜控,在很长一段时间里,这都让邱言十分自卑。他们两个都是舞台剧社的演员,平日里喜欢写写讲讲。说起来是个剧社,其实拢共也没几个学生,他们小打小闹地等过戈多,追过风车,拆散过罗密欧与朱丽叶。金泽虽然不是社里最帅的,却一直都是男主演。最后,就像很多青春剧里写的,男主演和女主演日久生情。不过并不是周树人那一部戏,那一部戏里,邱言女扮男装演了闰土。听中文系的导师说,邱言演得蛮好的。很多年后的研讨会上,导师还会到处跟人提起:"这位邱老师很厉害的! 她小时候演过闰土! 特别像。"闰土不是男的吗? 底下的人会这么说,很快又世故地改口说,邱老师真厉害呀!

　　"结婚了吗?"金泽问。邱言摇摇头。

　　"你还演戏吗?"邱言问。

　　"哈哈哈。你是说生活里吗? 谁上班不是在演戏啊?"他笑得很"社会",而且是那种公众号最喜欢在大中午放送的职场丧气漫画式的,"我当时不知道,你在那么年轻的时候就带我去学这么重要的生存技能,就是演技。"

也许他以为自己在表现幽默吧，邱言心想，就……稍微有点陌生。

"邱言，见到你我真的很高兴。刚才那一刹那你知道我想起什么？我想到我第一次关注到你，是音乐审美课讲《梁祝》，老师问你有什么看法，你说，如果我是祝英台，我就嫁给马文才，他们为什么要一起死呢？我当时就想，这个女孩子不简单。"

"不简单"又如何呢？他还不是追逐别人而去。那个在日本的女孩就是女主演吗？他在高兴什么呢？客气话说得那么诚恳，会像一个对岁月充满歉意的老人家。金泽找邱言摊牌爱上别人的时候坦坦荡荡，说："我不是人，但我不想骗你。"倒是挺简单。这一分手，反而帮助邱言把书安静念了下去。剧社后来也解散了。

"行李来了！"这时有人喊道。

他们俩在出口礼貌道别。分别以后，邱言在出租车上发现，金泽从不使用朋友圈。

金泽像一个古典时代的恋人，消失又出现。没有被现代媒体污染过。也可能没有那么浪漫，只是时间将他们分开得太远，在许多现代媒体平台，他们还来不及互相连接就已经被更新的技术折叠了。在被痕迹定义的新时代，他们甚至找不到一个古典的方式建立追忆：不知道他打什么游戏，不知道他日行多少步，不知道他偷不偷能量、种不种树、支付宝年消费排第几、一年出国旅行几次、平均去剧院又几点几次。世界上有那么多重叠的聊天群，每天要生产出那么多的垃圾话，他们俩却不在任何群里。才十年不见，他们已没有任何共同体，虚拟的也没有。没有任何凝聚的渴望，他们对彼此一无所知。飞速的折叠里，根本不会有他们相爱过的痕迹。

三

再见面时，金泽显然是有备而来。他显得非常自信，这自信不知道是筹措来的，还是修炼来的，镶嵌于他一贯自负的气质中。有个下午，他在手机上主动对邱言说了 Hi，主动定了吃饭的地点时间。见面时又主动带起谈话节奏，适时开开玩笑，每一个节奏，都好像演练过多次。那种类似"这个女孩子不简单"的老派的恭维话术，他积攒了不少（他好适合去当司仪喔）。邱言并不真的反感他的新做派，十多年的岁月，谁能保证谁没有变化呢？

金泽眉间的痣没有了。十八岁时他很臭美，一直嫌弃那颗痣，现在不见了，就像从来没有过。这有什么呢？邱言也打掉了唇毛,因为金泽曾对她说,你怎么有胡子啊? 金泽曾期待的未来伴侣是"刘亦菲"的长相,那显然就不会是邱言了,不管她有没有胡子。邱言不太明白他为什么要当她的男朋友,难道仅仅是因为她会写剧本吗?(可能的确是因为,她会写剧本吧。)经过时间检验,刘亦菲的颜好像的确很扛打,他眼光不错。既然是天仙,普通人的忧虑也不会显得很滑稽。好在与金泽分手以后,邱言再也没有担心过自己永远成不了"刘亦菲",这块莫名其妙的石头被挪到了别人心里。分手之后,过了好几年,邱言才用一笔奖学金做了小小的医美。冰冻的激光刺过嘴上皮肤的时候,像冷却的爱情的针。

围绕着东亚鲁迅学研究,邱言从从容容看过樱花"像绯红的轻云",装模作样地感叹起"东京无非是这样"。这一切都由扮演"闰土"而起的,改变了命运,挺好的。唯有注视金泽的目光,还带有"我认识他时,也不过十多岁,离现在将有三十年了"的奇怪语境,真是微妙。爱的金灿灿的瞬间旋风般裹挟着诸如"我素不知道天下有这许多新鲜事"的台词,照耀着他们两人时过境迁后的礼貌。

金泽说:"那天看到你真的很高兴。像看到以前的自己。这些年你都好吗?"

邱言说:"还好。读读书。"

金泽说:"你们这样的……女知识分子,是不是都不结婚的?"

邱言说:"谁说的? 会结的吧。"

金泽说:"我和前女友,前几年差一点结婚。可是她似乎有点问题。她的内分泌不太好,其实我是不在乎的。但她很介意。她很怕生不了孩子。拖了很多年。后来她就出国工作了。我这次去发现,一个外地人在日本会过得比在上海好。"

邱言说:"女孩子在日本好不到哪儿去的。"

金泽问:"怎么会?"

邱言说:"一般来说,美妆产业越发达的地方,女性地位越低。日本洗手间里好多女孩子在补妆,垃圾桶里都是化妆棉。"

金泽就不说话了。

"那位……是朱丽叶吗? 就是祝英台? 子君?"邱言问。

"哦哦不是。不是的。那个啊,她也很离奇,嫁人以后,现在在做微商,卖护肤品,还把我拉到一个群里,叫我家人。说我皮肤黑,也可以用。奇怪哦?"

邱言想到自己给他的分组名就笑了,那位朱丽叶祝英台子君还挺有意思的。心有灵犀。

"毕业那年,她想跟我结婚。我妈给了我一笔钱,我当时太年轻，不想结婚，就买了个车。她不想等，就找人嫁了。我是这样想，如果她真的嫁得好，怎么会做微商呢？你说是不是？"

"因为微商确实也有赚得到钱的，她又那么漂亮。"邱言说。

"她其实老了很多的，生完两个之后。"金泽说。

"你一直有她的微信吗？"邱言问。

"是啊。看看而已，我也不发。那笔钱，到了2015年，还可以付个首付。我遇到了后来的女朋友。她想结婚，也想生孩子，但因为她身体的问题一直拖延，没有告诉我，2016年房价暴涨。我现在什么也没有了。跟你说我不怕丢脸。真的。人生如梦。我们以前演戏，现在我才发现，人生要是如戏就好了，不会那么惨，总归会有鲜花掌声。但我有信心，我觉得还会有机会。你觉得呢？"金泽说。

"你觉得呢？"好可怕的话。（"'你觉得呢？'哈哈哈哈。"）

邱言想，他为什么还是那么不在意在她面前丢脸呢？

"身体要紧。"邱言却说。

"我现在也帮人家讲讲课的，讲讲危机公关的，还要去外地出差。我以前还有网课，做培训的。我给你看照片！"

金泽手机屏保还是两人的合照，女生并不那么像刘亦菲，反而有点像邓紫棋，肉鼓鼓的，应该比邱言小很多。他很快切换到了网课的广告图，他穿得像个保险推销员，发丝分明。脸旁打着许多红色的字,看起来就和如今满坑满谷的线上课程一样。嵌在手机推广里,根本来不及看,根本不用担心看漏了。如果不是金泽刻意指出那是他,邱言就算在手机里滑到,也未必能认出来。还是机场里好认一些呢。

"很棒的。你很适合这样的工作,普通话又好。"邱言说。

"可惜现在家家危机,需要危机公关的人反而很少。"金泽苦笑道,"我最后悔那时候没有买房子,其实我女朋友跟我分手很重要的原因也是因为我在上海没有房子,我本来可以有的。现在年轻女生都这样,太势利了,你知道的。不像你,一看就不是那样的。"

他以前可从不说这些。不知为何,那朵"刘亦菲"的乌云突然又飘回来了,久违得好像青春里一双不合脚却必须穿到坏的鞋,那种皮肉模糊的疼痛感,远不如冰点激光的疼痛来得爽利。

"结婚这种事,我是不急的,真的不急。我们男的又不怕的。不过我下次找,一定要找个上海人。真的,我现在有点知道你的好了。我前几天在星巴克,还看到一个跟你十八岁的时候长得很像的女孩子,很文静的,也喜欢旅行。我就觉得我以前瞎了,现在醒了,还不算太晚。你看,你现在多好,既没有卖面膜,也没有离婚、生不出孩子之类的糟心事……

其实我还蛮想你的,我有次在出租车里听到一首歌,叫《大龄文艺女青年之歌》,acappella 版的,你听过没有啊,你一定要听一听,很像你的。邵夷贝跟你长得也有点像的。"金泽说着说着,自己笑了起来,笑里还汇聚着诸多天真的因子,看得出放松的气息。他应该是发自内心地高兴吧,发自内心地想起过她,祝福过她自得其乐。

在金泽的世界里,到底有没有过"深蓝的天空中挂着一轮金黄的圆月,下面是海边的沙地,都种着一望无际的碧绿的西瓜……"? 是有过现在没有了,还是从来都没有过呢?

"我其实是闰土,这你都忘记了吗?"邱言心想。

"我都说了那么多自己的事了。你看我把什么事都告诉你了。那你这些年都在干什么呢?"金泽问。

"哦,我把唇毛打了。"邱言也奋力开了个玩笑。

她好像突然不怎么想知道金泽平时打什么游戏、日行多少步、偷不偷能量、种不种树了。她也曾想起过他,即使是在刻意忘记要失去母亲的那一年里。在本命一般的大学生活里,"从此就看见许多陌生的先生,听到许多新鲜的讲义"。许多旧句子萦绕在她脑海中,宛如初恋一样轻盈。异乡,真会令人产生幻觉。觉醒是那么突然……

才十年不见。

四

邱言父亲终于因为旅行过度、体力不支而病倒。到医院的时候,他强忍着高烧,坚持要求医生帮他查一下有没有艾滋,大吼大叫的,搞得邱言十分尴尬。父亲"叨叨叨叨叨叨"说:"女朋友不相信我,因为我女朋友太多了。我女朋友是很多的,但是也不能血口喷人,你们说是不是?我还发着寒热呢,欺负我没力气。不想谈就不要谈,我很爽气的。"父亲说着说着涨红了脸,委屈得快要哭了。

而当父亲终于拿到健康报告,跟隔壁床的病友光荣宣布自己没病的时候,邱言被医生叫去诊疗室。医生说,父亲患上了"阿尔茨海默病"。邱言脑袋里顿时"轰"的一下,泪水夺眶而出。倒不是因为父亲未来会忘记她,这样的事她也看过不少,而是因为这两年多来,父亲变得多么奇怪啊,多么亢奋。他早就变得不是父亲了,变成一个十三点,邱言却像默认母亲会变成丧尸一样,一直觉得可以接受的,可以接受的。她一直在躲避父亲、曲解他的行为,她一直都以为父亲是因为常年压抑终于放飞想要找一个女朋友,她一直以为父亲被母亲折磨死了,父亲也是可怜的人。但是身为"模范"女儿,就一定要支持他,不要打扰他。不是这样吗?

医生被邱言突然的情绪失控震惊了,说:"你们感情那么好? 他说你从来都不去看他的,一直视频的。以后你要么自己去看看他,要么找个人看着他,听到了吗? 手机视频不行的哦。好了不要哭了,你出去冷静一下……"

"医生,梅毒帮我也查一查好哦啦。"父亲还在"叨叨叨叨叨叨",病房里的人都在笑他。邱言不知道说什么,就说"大家不要笑了不要笑了",好像管理小学生。有个病友说:"小姑娘没事的,我们都知道你爸爸没病。他刚跟我们说,你是大学老师,教鲁迅的,很忙的。是真的假的?"

在回家为父亲整理衣物的时候,拨开一沓沓脏兮兮的铜版广告纸,邱言看到父亲在床头堆了很多长条的盒子。打开一看,居然都是些假玉石和玛瑙串。有些一模一样的还有一对,吊佩上绑着说明书,寄语还写着名字,一个是她的名字,一个是母亲的名字,购买自大理、武夷山、泰国、青城山、贵州、桂林、内蒙古、海南……而父亲平时和她视频的位置,是家里整理得最干净的地方,除却那个邱言熟悉的取景框,家里简直乱成一团。擦桌子的时候,玻璃下还垫着他们一家三口的证件照,健康宛如报告所写的父亲,年轻的刚烫过头的母亲,还有当时还是大学生的她。她笑得那么拘谨,没有一点"刘亦菲"的影子。心里对爱的向往,像绯红的轻云。

四合如意

一

修缮大功告成的那一日,房东太太递给盛明手机,笑意盈盈,让他帮忙拍一条视频,展示一下他们夫妻斥巨资装潢的居所焕然一新的面貌。而后,房东太太好将这段视频传回福建老家,分享给谁谁谁谁,隔壁村的谁谁谁谁,常年嫉妒她、经年累月说她坏话的谁谁谁谁。于是,那几兆高清的、摇晃的、未带滤镜的视频很快就占据了房东太太和盛明的手机容量。夜里,盛明把这条视频转发给了女朋友茹意。他其实没有什么重要的意图,视频本来应该拍完就删掉的。虽然拍的是他所租住的居所,也是新的修缮、新的气象,但这一切本质上都与他无关。盛明当然可以将自己新的生活环境分享给熟悉的朋友(可他几乎没有),就像房东太太一样。他觉得刚录好的东西就删掉,不免有些可惜。盛明本来没有什么真正的生活可言,这段视频勉强能算是他生活的外观,是他向这个移民家庭借来的生活。更棒的是,在忍受了长达三个月的噪音之后,盛明终于得到了久违的安静,这令他喜悦。在视频是发给母亲还是发给茹意的抉择中,盛明犹豫了一下,选择了茹意。虽然这个选择没有什么特别的意思,并不代表想念,也不代表孤寂。视频里甚至都没有他的存在,他是那个举着手机的人,好像他同样是博士论文《情感依恋与现代科技》的作者。他是一双眼睛、一对耳朵,他和他们生活在一起,但并不存在于其中。他置身于这个巨大的隐喻里已经很多年了,他有时甚至会羡慕他的采访对象,因为他们反而是有生活的。他们的生活把盛明的生活给吃掉了。如今他的手机里只有受访者的"朋友圈",没有朋友圈。所谓联结网络的电子产品,从一开始都带有好意"共享"的企图,故而"云"上垃圾满地(也可能充满秘密,但主要是垃圾满地)。

　　茹意在上海的中学里当语文老师,她每天都听起来很忙。可再忙,每一天,她都会通过微信语音对盛明说点什么。听起来,她并不总是开心的,盛明多少知道原委,他选择出国读书就好像背负了一宗"原罪"。但两人已经很久没有提到这件要紧事了。隔着七个小时的时差,两个年轻人的爱意早被稀释得七零八落。什么重要的事都无法更重要。不重要的事,反而会因为语焉不详而显示出神秘的力量,令带有异域风情的矛盾徒生审美化的荒谬。

比方盛明没有告诉茹意,昨天晚上他洗澡的时候偶然听到房东对太太说,你最好小心点"果过人",当时他正在悉心处理粉红色的痔疮血,房间隔音不算太好,他听到了这一切。到伦敦以后,盛明开始有了隐疾,这也改变了他原来的生活习惯,甚至是他对世界的看法。盛明从未想到自己的学业会被一条身体上的"小尾巴"绊倒,没有想到亚马逊的大数据上会出现他从海外邮购的"马应龙"。他在知乎上频繁查阅痔疮手术难以忍受的痛楚,这在视觉体验上甚至令他有了恶魔般的快意。来自祖国的陌生人,用他写论文时努力想要戒掉的第一语言写作出"没有在深夜染红过马桶的人,不足以谈人生"的格言,不费吹灰之力就沸腾了盛明的双眼。他觉得那个人超懂他(远胜过女朋友,虽然女朋友也挺好的)。

到伦敦以后,一切仿佛都有了微妙的不同。盛明开始在上大号时顺便洗澡,而不是像从前那样因为热了、累了、要睡了而洗澡。如果因为焦虑便秘,他就懒得洗澡。因为洗澡会令他想到痔疮。在自己最狼狈的时候,隔墙听到一番最狼狈的评价,盛明苦笑一声,开了水。他知道,房东说的"果过人"就是他。盛明的广东话很烂,初到伦敦的时候一句都听不明。他当然没有准备,出国读书前还要学习广东话、福建话。房东说晚上做"牛腩"吃,他以为是"老狼"。"老狼老狼几点了",他就想到上海的童年,又禁不住去看表。那块表,是茹意送他的生日礼物,在上海已经时髦成"街表",在此地反而显得别致、落寞。时间一分一秒在盛明的手腕上流淌过去,好像女朋友平静又坚韧的怨艾。盛明知道了原来三年多来,房东并不那么信任他,反而是房东太太对他更亲热一些。这并不令人意外,却还是令他感到失落。昨天晚上,房东带着餐厅剩下的食材回家拿钢盆煮火锅吃,特地叫上了他和其他房客,围炉的时候,盛明感到久违的温暖。房东喝着喝着就唱起家乡的歌来,盛明觉得挺动容。

"落手三只东度到岩三叫二五六筒……谁是大英雄!"

盛明问房东太太这是什么歌。房东太太说,《打雀》,就是打麻雀,麻将啦。

在收到视频一分钟后,茹意回复:"这是什么呀?"盛明答:"房东太太和刚装修好的房子。"茹意问:"你还没搬家啊?"他答:"嗯。"这一天就算过去了。隔天醒来,盛明问茹意:"厨房大吗?"茹意回答:"看得出来是花很多时间在厨房里的人呢。"盛明说:"我也想要大厨房。"这样,一天就又过去了。

房东太太是福建人,先生是广东人,这是她第二次婚姻。她从福建家里带出来一个十五岁的儿子,惊险得好像《辛德勒的名单》。她还有一个大儿子在家乡,已经成年,小学学历，帮人看仓库，一个月一千八百块钱收入，而如今她丈夫的收入，是每周八百英镑。房东太太和大儿子最近一次联络，是因为大儿子想要买房结婚。他觉得有房子才能有老婆，有房子就会有老婆，然后问房东太太要钱。房东太太也同意了他的观点和决定，她愿意给钱，但她不愿意那个由她出钱的新房子里可能会住进她的前夫。可惜她的控制能力鞭长莫及，这件事情于是就僵持着。更因为夏天时盛明告诉她，家乡人对她的评价并不好，盛明不愿意多说具体的流言是什么。这也是房东太太对出钱买房很犹豫的原因之一。她并不怕出钱，但害怕即使出了钱，也得不到一个好的评价。她觉得不公平。只要想到前夫，房东太太就能迅速切换回一个"叹十声"的旧中国女性面貌，但她并没有任何难过的意思。她一直记得，前夫喝点酒就拿着铁棍揍她到额头开花的往事，这些大儿子都亲眼看到过，但因为她的出走，大儿子恨他。她一直以为前夫讨厌她。可是她到伦敦以后，前夫却找了道士在家里摆了一个阵，表示邀请她回家，这是盛明去她老家田野调查后告诉她的。房东太太问盛明："那他摆了个什么阵啦？"盛明也不懂这种事，只就眼前看到的场景回答："就是……两个热水瓶，当中放了几个橘子。"房东太太听完后笑个半死，说前夫是"神经病"。她显然为自己命运的突变而感到骄傲。她还问盛明，那个邀请老婆回家的摆阵有没有照片看看。盛明说,啊呀忘记拍了。盛明发现,每次谈到前夫,房东太太都看起来很高兴。盛明也由此知道,女人说男人是"神经病",有时可能是因为心情好。房东太太为此还特地对盛明补充了一些生活细节,说"吓弟(阿弟)你可以用在写书里"。房东太太说,她刚从福建出来的时候,是在北京转的机,当天就被同乡偷了一千英镑。她知道是谁,但是没法启齿。因为她已经出发于半路,她根本不想回家,回家她就只能摘摘枇杷,一个月赚四百块钱,前夫还要揍她。为了离开前夫,她跟亲戚借了二十八万。那年她二十九岁。她甚至觉得,那场偷窃本来就是一个圈套。但这事她没对任何人说过,她说后来自己住在桥下当流浪汉的时候,都没有在北京的那一晚那么绝望。盛明在他们家住到第二年时才发现,其实房东和太太都很清楚自己在他学术生命中所扮演的角色。他们知道他想听什么,但有时他们故意不配合。这点和其他受访者很不一样。而这种洞察力,也令这对移民夫妇在伦敦餐饮帮中脱颖而出。譬如十多年来他们一直生活在四区,没有离开伦敦市区去曼城或者爱丁堡。这是他们夫妇引以为傲的生活品质。很多当初一起做事的夫妇,十年来眼睁睁地越搬越远,即使回国时,这些人都坚称自己有身份且住在伦敦。

有天晚上,北京时间也许凌晨三点了,茹意的声音在不稳定的网络中若隐若现,盛明却坚持讲完了这个漫长的移民故事。茹意嘲笑他沉浸在"听觉事实"而不自知,盛明则像播纪录片一样在深夜的语音里严谨地说:"2007年英国政府推出法案,就是《五年遗案》。2007年3月28日之前,申报难民有很高的概率会给身份。房东太太就是这么留下来的。这是她的好运。她有几个朋友,因为不看报纸,也没有人告诉他们,就错过了。"

"你还是不要多理她,"茹意因势懵懂地说,"当心她又觉得你最好能加入他们餐饮业。哦对了,你知道吗,我今天在地铁上看到小广告,马应龙出眼霜啦,哈哈哈哈哈……"

二

这是茹意第一次参加学生的婚礼。二十八岁的她已经被分配坐在家族长辈或单位领导的那一桌。稍微有点尴尬。好在婚礼非常豪华,豪华到令人觉得冷淡也是一种气派。

如今,茹意的大部分学生都在海外热火朝天地奋斗,她们不是在学业上精进,就是在社会服务里关怀全世界。只有那些高中时踌躇满志跨海求学,最终却因为种种原因没有出成国的孩子们,开始掐着法定年龄着急恋爱结婚。这挺好的。仗着父母宠爱,费点钱为他们的人生铺路,根本就不在话下。最多，以后费钱再铺一回，照样热热闹闹，照样喜气洋洋。茹意预感自己未来会参加更多的学生婚礼，眼睁睁看着自己的后辈们一浪又一浪地永结同心。但她会更想念那些既没有出国也没有结婚的孩子。茹意曾有个学生，非常有才华，十七岁就能够分析出《西游记》中的猴子只吃桃子而不吃香蕉是否和成书地域的种植环境有关，能够分析出《呼啸山庄》里的"伦敦病"、《安娜·卡列尼娜》中列文家庭的作用……她因为严重的抑郁症放弃了海外大学的申请。高中毕业以后，就一直在家休息，茹意后来再也没见过她。还在学校的时候，茹意常常找她聊天，请她吃蛋糕，或者看电影。但家长告诉茹意，在病发后的日记本里，那个聪明的女孩子写到了她非常讨厌逼迫她输出观点的语文老师。她希望自己的人生是不被任何"意见"、任何"观点"要挟的。因为，她根本不用像穷人一样依靠贩卖那些蠢事来养家糊口，对文学和艺术的看法理应收藏心中，而不必时时将之当作首饰变卖。她用英文写下了这些话，如果混入什么世界名著中，应该会在Kindle里被很多人画虚线标注。如果茹意不是当事人，她应该也会喜欢这段话的。这件事令茹意非常受伤，甚至比盛明决定出国读博更让她感受到生活的严酷。在深夜的语音里，她却没有告诉盛明这一切，她不好意思说，即使她知道盛明和她是差不多的人，只是他们的眼睛一个向着上看，一个向着下瞧，说不清楚哪种处境更痛苦、更孤独。她只对盛明说，她很难过，她不想再对学生投入真实的感情。盛明还毫不知情地嘲笑她："我的导师从来不会对任何学生投入真实的感情。我每次和她 meeting，学费平均下来要花两万五千块钱。"茹意于是说："好贵哦。好想当那样的老师。"但茹意在那段时间，其实根本就不想再活下去了。然而就连抑郁症这样的事，恐怕也是有等级的。她比不过伤害她的那个孩子，可以病得那么高级。她努力让自己变得忙碌一些，显得愚蠢一些，庸俗一些，因为这会让她暂时不去想学校里那些糟心的事情。

茹意有个同事，现在成了一个创业网红，离职后全心全意做网络课程。当年她们还在一个办公室时，同事常常抱怨学校糟糕的心灵环境。"主要是心境……在中文系的时候，我以为我有抑郁症。但工作以后，我是真的有了抑郁症。"茹意懂她在说什么，但她劝她不要给自己消极的暗示。国际部的老师应该具备这样的自觉，尽管越来越娴熟于"金针度人"的伟大事业，摆正自己的心态显得越来越要紧。因为她们都知道，自己未来的孩子，不太可能获得自己学校那么好的教育，自己的能力也无法承担如此高昂的教育成本。让孩子们从中学时就志向高远、领导世界，是需要相当的物质基础做依托的，他们要随时做好被聪明学生轻视的准备，还要保持微笑。去年，茹意任教学校的国际部学生托福平均分已经达到106，15％的学生被美国排名前十的大学录取，近八十个学生被美国前二十五名的大学录取。校长当然很高兴。她也很为学生们高兴。所以工作以后，她反而对婚姻并不那样向往了。她不再为此抑郁，也不再充满热望。她原来以为自己会像网上那些异地恋的女方一样对爱情感到丝丝疲惫，好在学校的压力拯救了她对于爱情的焦虑。

每天晚上，不管多忙，茹意都会和盛明语音一小段时间。有时她对盛明说，"我们视频吧"，不过是说说而已，因为盛明一般都会婉拒。他会说："我已经四天没有洗澡了。"茹意就说："那你换衣服了吗？你还是要换衣服。你不是长痔疮吗？"盛明就说："好的。"于是，一天就过去了。第二天茹意会很疑惑，他不是会在上厕所之后就洗澡吗？但想想这样的琐事，相隔那么远，有什么好问的呢？有时她对盛明说："那你快回来吧，你不会真的想去房东的餐饮业干活吧？"盛明都说："好，不会的啦。"于是，一天又过去了。生活和爱情是不是就是这样的，一天又一天，说很少很少的话，但也不能不说话。对此她既不确定，也不想去确定。茹意无法详细地和盛明分享她真正的日常生活，譬如她带着学生去上海戏剧学院看《碾玉观音》，那位编剧似乎很喜欢写一种套词，就类似于"一……，二……"，有天听到"一见钟情，两小无猜，三度重逢",她马上想到谭正岩版的《伍子胥》里,编剧也加了一段"一领征袍蘸血泪,两脚无着浸寒霜,三更星残照孤影,四处猿啼碎肝肠"。人喜欢的东西都是差不多的啊,喜欢的人、喜欢的表达方式,永远都不会变。可惜,这样的细微感受隔着七个小时的时差,隔着九千二百多公里的距离,就统统被折叠了。有时盛明心情好,会跟茹意讲讲故事,讲讲他带房东太太去看医生的故事,讲讲他代房东太太去开小儿子家长会的故事,即使与这家人素昧平生,茹意对这些百无一用的生活细节早已了如指掌。

譬如盛明房东太太的小儿子去年才到的伦敦,不太会说英语,一个高中生,业余时间已经跟母亲去唐人街打工,做"哑巴楼面",也就是不用说英语的餐馆服务员。两个星期,他就赚到了换 iPhone X 的钱。他觉得好开心,赚钱好容易。不用说话,也不算很累。他不明白人为什么要学习,为什么要一直看书。在认识盛明以前,他甚至不知道世界上还有一种工作,是坐着打电脑,而不是站着发盘子或者去山里摘枇杷就有钱赚的。茹意很喜欢"哑巴楼面"这个词,这让她想到自己的学生,年纪轻轻托福就能考过110,他们根本不会知道,这个世界上有和他们一样大的孩子,跟随因《五年遗案》中彩票获得身份的母亲移民到了伦敦,和继父以及一群奇怪的房客生活在一起。而他在英国中学的家长会,是由家里的房客,一个以坐着打字为工作的二十八岁的哥哥，去和他的黑人班主任聊他未来的人生规划。回家路上，盛明对他说："你要是现在努力学英语，以后就可以做一个小学老师，不用去唐人街发盘子了。"他说："可是发盘子有什么不好呢？"盛明说："你妈妈发到身体都很差，起早贪黑没有休息日，嘴里都是溃疡，一直在找药吃都不舍得看病。我带她去曼城看病，她也只肯看中医。你知道你妈妈和继父两个人的收入加起来还不到伦敦的平均收入吗？还有我隔壁的泥水匠，做装修的，就更加累了，你看他每天吃那么多，就知道他有多辛苦。你真的也想变成那样吗？"

小儿子想了想对盛明说："……可是你不觉得这样很稳吗？"

自从盛明出了国，三年多以来，他从一个说话很生硬的钢铁直男，变成了一个非常会说故事的男朋友。茹意很喜欢他的故事，好像一个长篇连续剧。她是唯一的听众，这让她感觉到爱意，"千里送鹅毛，礼轻情意重"的那种。"可是你不觉得这样很稳吗？"盛明说到这里的时候，简直笑岔气了。茹意也笑出了眼泪，笑到几乎忘记了自己学校的楼道是那么窄、那么黑，那根本不是她的道路，她却要充满祝福，目送很多孩子往里走，好像永远都走不完。

今天婚礼的男女主人公，各自家庭都不算很幸福。这也是学校的世情常态。两家父母，也就在婚礼当日站上台当过父母，他们念书的时候，来开家长会的是保姆和家庭教师。女孩子的家教非常有学养，彬彬有礼，细问下来，居然和茹意是一所大学毕业的校友。那会儿在谈完孩子的事情之后，茹意问她："你为什么去当家庭教师呢？"她说："你也来做吧。现在我们很多同学都做家教的。我们和大学里服务部的家教可不一样，我教这孩子一小时两千块钱。"茹意当时吓了一跳，但她还是开玩笑说："哇你是当代简·爱啊。"她也笑说："真的，因为我还教点法语。"不过很快，茹意就没再见到那位老师。听说女孩的父亲找了更好的老师，是个大学老师，博士，他说女儿非常优秀，已经需要博士来教了。盛明说："还好你没去。商人都这样。到时你的抑郁症就更严重了。"茹意很惊讶，盛明似乎知道她并不开心，就像她知道盛明非常不想在那家人家继续住下去一样。有一次深夜，茹意快要睡着了，才听见盛明说："我去开家长会，又要预约时间去医院，还要替他们送机接机，但现在我已经不知道到底是我需要他们还是他们需要我。"茹意听了很难过，但她假借网络不稳，什么都没有说。盛明还说："我买到了马应龙眼霜，慢点送给你。"茹意就笑了，可惜盛明看不到。

三

婚礼于曼城唐人街的某家餐馆举行。新娘的父亲是房东太太的远方表哥，新郎原来在他们家外卖店打工，因此认识了新娘，可惜他没有身份，收入又低，为出国而欠的巨债都没还清。所谓的"结婚"的紧迫，不过是因为新娘怀孕了，唐人街都是熟人，例必要走一个仪式。女方爸爸恨得牙痒痒，在婚礼现场都怨声载道，大声嫌弃新郎没钱没家世，一点面子都不给留。不过他说的话，盛明一句都听不懂，只是透过说话的语气推测，那应该不是什么感人的祝福。其实一个月前，新娘父亲就带着亲戚们逼着新郎飞回国内老家，讨了几根金条及三十三万彩礼。新娘虽然没嫁好，但也算遇到了老实人。他们已经决定，让小婴儿一出生就报孤儿，因为这样在未来还有机会拿到身份。在这里很多人都这么干，为这样的事根本不需要沉重的建议和费力的决心。新郎即使出了那么些钱，因为没有身份，他永远都不会有话语权。这些事，都是旅途中心情不错的房东太太告诉盛明的。她有一点居高临下，又有一点幸灾乐祸，她为自己完美无憾的人生感到满足。

看起来房东太太很喜欢参加类似的活动,房东对此就显得比较冷淡。他宁愿出工赚钱,不喜欢参加不赚钱还要花钱的活动。房东常常说手停则口停,这一点上他十分广东人。尽管如此,这场婚礼还是其乐融融地开始了。餐馆的墙壁上挂了不少气球,都是粉色心形的,地毯是橙色的,仿佛象征着年轻人简陋又甜蜜的爱情。因为大家都是做餐饮的,要凑几桌饭局搞个仪式真是小菜一碟。可要和老家相比,这婚礼在流程上简直可以称得上是"残缺",要什么没什么。没有拦花轿、避冲、请三日、邀新人、庙见,甚至连首像样的歌都听不到。跟早生贵子相关的花红表礼也都省去了,因为反正新娘已经怀上了,还是个"孤儿"。新娘倒是十分平静,还和新郎低声细语地聊着天。房东太太的表哥在角落里哭丧着一张脸,好像正在操办葬礼。房东太太却一身玫红,戴着珍珠项链,笑逐颜开。因为宴会上几乎所有人都认识她、尊敬她,对她热情得不得了、恭维得不得了,她就好像一个大姐大,指点指点这个,又招呼招呼那个。明明不是宴会主角,房东太太却像一个资深又体面的长辈,一丁点都看不出在乡下山里摘枇杷的模样了。她的外观气宇会令人相信,无论老家的前夫再怎么找高人变阵布局,也不可能再请得动她魂萦旧梦了。

盛明想,如果自己是她儿子,也许真的会想:"你不觉得这样很稳吗?"

盛明还在餐馆尽情打野眼的时候，房东太太忽然走过来，一把抓住他说："吓弟，你来做司仪吧。他们没有司仪。帮姐姐一个忙。你有文化，肯定可以的。"而后根本由不得盛明考虑，他的手上就被塞了一个话筒，还是打开了开关的。

这是盛明人生中主持的第一个婚礼。

盛明在家里连当众说话都会手心冒汗。他要怎么告诉母亲自己在外国其实是很厉害的，很能控制场面的，可以直接拿起话筒走上礼堂舞台上当主持人的？他要怎么告诉母亲，自己已经厉害到三年以来都被房东提防着，到"你最好小心点'果过人'"的地步？他还不如把这些屁事打趣着告诉茹意，顺便让她嘲笑两句，调节调节微信里的气氛。后来茹意问他："你怎么会去参加你房东太太的表哥的女儿的婚礼？"他也说不清楚。可是在茹意所不知道的许多时候，这家人的社交活动，他几乎都参与了，他上周还参加了房东同父异母、在澳洲当律师的哥哥来伦敦出差时的家庭饭局，那简直更令人难忘。因为就连房东太太的儿子都没有参加，房东太太还特地跟盛明强调"是真的出差"。于是房东，房东太太，房东的哥嫂，还有他，在一起吃了一餐盛明来伦敦后吃过的最好的午餐。盛明不知道自己为什么会被邀请，但房东太太显然打扮得过于用力，表现得也过于用力。她很自豪地用蹩脚的广东话对房东哥哥说，这是寄宿在我们家的博士。房东哥哥随即用英文问盛明都在什么学校,又研究些什么。出于奇异的恻隐,盛明撒了个谎,他只是简略地表示,自己研究科技传播,那是他硕士的专业,应答起来不至于太离谱。即使没有太过表现,房东哥哥一家在澳洲的生活明显要比房东一家好太多。这是他们兄弟时隔十年第一次见面,却没有什么话说。吃完饭就道别,一点温情都看不到。

　　盛明似乎越来越走入这个家庭的内部,也有了越来越多和学术研究无关的疑问。譬如房东为什么会来英国,又为什么会和太太结婚。房东太太一口咬定是房东追求她,还说自己十年前特别受欢迎。但盛明觉得这实在很可疑。她又说了些爱情桥段,说自己最困难的时候,连房子都租不起,一直睡在大桥下。那个时候房东几次路过她身边,最后终于对她伸出了手,她搭了那只手,一切都不一样了。房东太太说,那时房东从不存钱,一周八百英镑,天天瞎玩,直到遇到了她,才开始存钱买房,过上了如今的好日子。所以她比较旺夫。盛明就说,是的是的,一看就是。盛明已经很熟练说一些在家乡怎么也说不出口的话,甚至在婚礼当下,盛明忽然发现自己并不介意当着陌生人的面,高喊两句"下面我们欢迎新郎新娘入场""新娘好像脸红咯"的场面话,他原来也可以是那样的自己,这令他有点动容。盛明根本听不懂在座的来宾在激动时脱口而出的方言,也不知道新郎以这样的方式结婚，心里会不会多少有点不舒服。盛明很清楚地知道自己正在主持一场其实并不合法的婚礼。但他仍然发自内心希望这两个可怜的有情人白头到老、永结同心。他们似乎都很辛苦，又很不如意。但再不如意，仍然会有喜庆的时候，会有粉红的气球出现。

更令盛明感到奇异的，是他在筵席上听到了一些纯正的英语，来自一些年幼的第三代（当然有可能他们的法定身份还是孤儿），在餐桌上尖叫着"Look at his hair"，这让他觉得很有趣。咒语般的"兜虾"与硬朗的牛津腔在餐桌上交相辉映，是这些人的一生一世。这些大人和小孩，可能费尽心机拿到了不同国家的护照，却是一家人，或正要成为一家人。他们还有一些家人，十几年未见都是常事，但在脸上，一点也看不到思念，也看不到遗憾。不计较的人是多么欢跃着不计较，好像别扭的人永远身陷别扭一样。如果不是做研究，盛明也许永远也不会知道，这个世界的某个角落，有个未婚先孕的外卖店老板的女儿和她不惜一切代价要嫁的送餐员，最后决定让一个来自上海的、借宿于他们家远房亲戚在伦敦四区背了二十万英镑房贷的住家二楼一间不到八平方米小屋中没日没夜写论文的男博士来当婚礼司仪。他还挺乐意。

盛明想起他上个月曾经做过一个梦，梦里的他终于决定去房东的餐厅打工了，因为房东太太一把鼻涕一把眼泪对他说，你那么年轻，出都出来了为什么要回去，真是闻所未闻，你以后一定会后悔的。盛明心里很难过，就哭了，他对房东太太说，可是我还有女朋友，我答应她念完书就回去的。房东太太声情并茂地说："吓弟，你太年轻了。我出来的时候还有老公呢！我也答应他我一定会回去的。"后来，像电影切换镜头一样，盛明就变成了一个优秀的楼面。不是哑巴，因为盛明的英语很好，是他们这些服务生里英语最最好的。可惜他眼睛不好，因为读太久书把眼睛搞坏了，本来还可以跟着房东学烹饪，但盛明透过油烟就看不到锅子，对此，房东太太深深感到可惜，逢人就为他难过，好像他赔了很多钱。不然盛明收入好，又看得懂文书，可以贷款买房子，可以像他们家一样，永远不会跌出伦敦。就连老婆，房东太太也帮他物色好了。房东太太夸盛明长得像房东年轻的时候一样帅，可是房东明明长得像长头发的洪金宝……给他备选的老婆都是房东太太的同乡，可照片上的女孩子，居然都是茹意的脸，房东太太对盛明说，这个女孩子读书很好的，以前在国内就是研究生，还教过书，上个月刚刚出来，现在在做保姆，帮外国人看小孩，英文很好的，很适合你的……

  盛明惊醒的时候，火急火燎给茹意发了一个微信，他想了想说："……我今天看论文，又找到个同行，但他已经发了四篇英文论文了；还有我审的写美国移民太太的文章作者，居然已经有教职了。前两年看到她,单位还是博士后所在的学校。"几秒钟后茹意回复:"快点写好你的古怪移民家庭,然后把他们都做掉!"盛明这才缓过神来,知道自己是谁,知道自己在这里做什么。他好怕自己会活在那个梦里,但清醒的时候,他又感到惘然。

四

批阅习作的时候,茹意看到一篇奇怪的文章。她布置的作文题目是"旅行的意义",收上来的几乎是"环球地理杂志"。班里的同学去趟日本、韩国都没底气当"旅行"来写,所谓的意义,也因为自尊心的作祟只好隐藏起真面目来。于是茹意能看到的成果,动不动就是"穿越在雪中的赫尔辛基",或者"纳米比亚保护区的黑暗星空",即便茹意比学生们多看了几本文学书,在这方面要面对学生的挑战,简直是自不量力。在这些绚烂的习作中,茹意却发现了一篇文章,写的是"廉价旅行团"去安徽宏村镇游玩的故事。茹意把这个故事通过微信语音告诉了盛明,盛明哈哈大笑,说我陪我妈去过婺源、黄山和泰国,你的学生怎么会去参加这样的活动呢?

梳着背头，戴着金项链，穿着高级polo衫还竖起衣领，绑着香奈儿皮带扣，穿着浅色小脚裤和球鞋，双手合十出现在我们面前的，是经理沈家华。他给我们介绍了自己的公司，在缅甸开采玉石。然后沈家华突然双颊涨红，泣不成声，说，虽然刚刚在工作，但是我爷爷今天早晨过世了，我控制不好情绪，真是很抱歉。下面有人在笑。经理沈家华就走了。进来了业务员钟楚楚，他跟大家抱歉说，沈经理家里今天早晨遇到了很不好的事，失态了，请大家原谅，我们继续有请我们的少董，王董，为我们介绍企业的文化。今天真的各位非常幸运，因为王董不太来的，现在是几点，你们看，早晨六点半，你们运气真是太好了。王董刚好来了，沈经理又刚好丢人了。我们请王董来说。王董继续说，我们是一家非常专业、只生产顶级玉石的公司。今天不是来做大家生意的，有件事让大家帮忙，上海的乡亲们，我们公司去年在评选中拿到了名次，今年我想评乡镇优秀企业家，云南卫视，三月七号，我的名字，请投我一票，我当了企业家之后，我们企业能扣掉60%的税，我有更远大的蓝图。我叫王玉石。然后王董又走了，走前听到他在门口对业务员说，关照，这里都是我的姐妹。副经理说，少董我会好好努力的。又进来了一个副经理，开门见山说，我先来给大家介绍一对金镶玉，2008年奥运会的时候，这是我爷爷给北京奥运设计的。腾龙飞舞，吉祥如意，双面雕刻，一般金镶玉两面花纹都雕成一样的，我们雕的不一样。然后，"啪"的一声，副经理把金镶玉掉在地上了。台下还是有人在笑。副经理说，坏了，我们今天真是损失惨重，这个金镶玉原价16666元，今天看大家那么早来，一定要让你们感受到我的诚意，拿纸来。于是有了纸，他在纸上写了一个"信"，他说，就冲这个字应该开这个价钱。底下鸦雀无声。他写了"6666"，问你们觉得怎么样，底下还是鸦雀无声。他划掉，写了"5888"，这时候有人动心了，副经理就说，我担保，不让你吃亏。那个人真的要刷卡了，副经理让业务员带那个人去付钱，可是过了一会儿他们又回来了，因为卡刷不出来，验证码在他老婆那。老婆不让买。最后，什么也没有卖出去。我旅行的意义是，和宏村镇比，还是卖玉石比较好玩。

茹意找来学生一问，才知道原来他是跟家里的保姆一起去的。学生问，能不能不要告诉爸爸妈妈。茹意答应了。学生又说："老师，三月七号我看了电视，没有王玉石。我有点失望。而且我不知道这个旅行的意义是什么。"茹意很喜欢这一篇作文，尽管没有任何文学性，没有逻辑，没有重点，怎么修改都不会对申请藤校有任何帮助。所以她希望学生能重写一篇，学生也答应了。茹意问盛明："你觉得意义是什么呢？"盛明说："也许是他看到了他不该看到的东西吧。"茹意说："像色情书吗？打开了新世界？"盛明说："那比色情书要残酷多了。"茹意问："为什么是残酷？"盛明说："因为他不是说还是卖玉石比较好玩吗，多反智啊。你们的教育，只是激发了他去核对一下是不是有王玉石参评企业家这件事。但你们并没有心让他知道，世界上除了赫尔辛基的雪、纳米比亚的星星，还有好几亿的王玉石。"

"也许他们家长觉得他们不必知道。"

"那你们觉得呢？"

不怎么稳定的网络，让他们的一天又匆匆过去了，让沉重的尴尬也稀里糊涂地过去了。有时他们两人真没什么可说的，有时又因为明明说到了险要的、痛楚的，却最终什么都不想再说下去了。茹意觉得那就是爱。盛明觉得，那只是无奈。

盛明出国以前，有个晚上，他和茹意是一起度过的。当时茹意并没有想好，这一次温存算是道别还是分手。她没有勇气对两人的未来爽利地做决定，对所爱的男人说一些"山水有相逢"的狠话，那好像是要很厉害的女人才可以做到的，反正她也不很向往自己成为那么厉害的女人。后半夜的时候，两人都睡不着，盛明倒是突然哭了一会儿。茹意开了灯，看到他双颊涨红，委屈要多过于难过的样子。茹意疲倦地问他又怎么了，不是决定要走了吗？归来男友总难成，她是有心理准备的。盛明说，他觉得自己从此以后就背上了一个"原罪"了，是他自私自利、趋利避害，他狠心选择发展自己的学业，也就选择离开她。未来，对这段感情无论茹意要怪他什么，他好像都没有底气反驳了。茹意听到这里，也很想一起哭一哭，但她一点也哭不出来。从盛明从发不出工资的报社辞职申请学校的那一刻起，她就知道自己的存在无法和一个男人对于前途的理解抗衡，她也不太想抗衡。

然后她问："那你读书这段时间，我可以去相亲吗？"盛明听完哭得更凶了，他虽然哭得很吵闹，但毕竟履行了自己无法反驳茹意任何形式撒气的良知。其实茹意觉得盛明研究的那些东西挺有意义的，尤其是盛明信誓旦旦对她保证自己以后会把闸北区的苏北人士和信息科技的使用发展写成一本论文的时候，她觉得他很可爱也很了不起的。茹意还推荐给盛明一本书，叫作《苏北人在上海》，是一个美国人写的，里面写到苏北人吃烤麸不放酱油，于是被宁波人看不起。盛明说，真的真的，他怎么会知道的啊。茹意于是说："神经病。做研究啊，做研究都要知道的。美国人要知道苏北人做烤麸放不放酱油，上海人也要知道福建移民二代的十五岁男孩，实现至今还不会英语却想要成为英国的小学老师的奇迹需要分成几步来努力……"

他们俩都没有想到,就在这几年里,上海的闸北区没有了,合并入了上等人聚居的静安区。从此以后,闸北区的老年人突然开始过上了街道里发放小礼物的"重阳节"。旧街斥巨资装潢得像衡山路、华山路一样有树有花,地上也不再有横流的黑暗料理香喷喷的油脂。一年又一年,他们看起来越来越不值得研究。有天茹意拿着手机拍了一段盛明家门口整洁优雅的环境微信盛明说:"我真不知道你回来还能研究什么,你自己看看你家门口被装修成什么样了,还有点下只角的样子吗?还好意思被你来研究个底朝天吗?你还是留在英国当楼面吧,你回来会失业的。"几个小时后,盛明回复:"是是是,你说得对。那未来就靠你去当简·爱来养家吧。"

"沈经理又刚好丢人了","对文学和艺术的看法理应收藏心中,而不必时时将之当作首饰变卖",想到这里,茹意心头掠过一阵尖利的疼痛,她鼻头一酸,并不知道自己又说错了什么。好在,一天很快就过去了。

步步娇

一

三天前，郑梨见了外公最后一面，在他的床前。

外公此时枯瘦，就和遭此病魔折磨的人差不多形貌，看着让人难过，又无可奈何。郑梨问他，疼吗？他摇摇头。问他，冷吗？他也摇摇头。又问他，饿吗？他居然轻轻地点了点头。

前几日，郑梨母亲还在家庭微信群里说，医生说他排便稍微有一点隐血，但眼下大概是不要紧的，今年过年一定挨得过去。可突然之间，他似乎就不行了。最后在要不要送医院的问题上，郑梨的外婆与母亲爆发了争执。最后母亲哭了起来。外婆的意思是，送医院也没有用。他刚刚从医院里出来，又进去，又出来，是给国家添麻烦，家里又没有车。外婆说，每次从医院里出来，站在寒风里叫不到车，都很想跟外公一起去死。不过，这大概是她这一生中极少的、真心地想和丈夫同归于尽的时刻。

郑梨母亲看到灶头上有一碗鸡蛋羹，也是干枯的形状，隆起的黑色酱油都僵住了。问外婆这是什么，外婆说，几天前给他吃他不要吃。母亲问，那留着它干什么？外婆说，他要吃就给他吃。母亲说，你为什么只换床单枕套不给他换衣服？外婆说，上个礼拜换过了。母亲说，你为什么要这样对待他，他是你老公欸。外婆说，他马上要走了，话也不能说，吃了就要拉，不吃就不拉，他就是肠子的恶毛病，你说吃好还是不吃好。他现在这样，吃和不吃一样难过的，拉和不拉都没有感觉。母亲把这些话用语音复述给父亲和郑梨听，整件事情的原委被碎成一段一段，充满了不忿的情绪。郑梨母亲最后说，外公走的时候，眼睛里流出了泪水。外婆亲手去帮他拭掉的，外婆说：" 你看，你爸爸是舍不得你们啊！"

她们母女俩吵吵嚷嚷，折腾了一个晚上。郑梨母亲忙不迭通过手机把这些琐事汇报给家里，最终也没有给外公叫上救护车，外公就这样走了。夜里九点，外公没了呼吸以后，外婆悉数通知了子女们，通知了外公的老单位，通知了外公的堂表兄弟，最后才通知了外公的亲兄弟。母亲说，这种通知顺序表现了老太太一定是早有准备的，她和外公的亲兄弟们关系并不好。也有人在电话里说，在家里走，比在医院里走要好,持这样观点的人还不少。外婆说,是呀是呀。郑梨母亲说,其实她等这一刻等很久了,都没有耐心了。郑梨父亲问,那老太太现在人还好吗? 郑梨母亲说,还好,通知完亲朋好友她就睡觉去了。

贾俊叫来专车的时候,郑梨下意识地拉起他的手来,他们俩是牵手进的电梯。结婚五年来,她已经很少会这样。从一个神秘的时间点往后,贾俊好像也不会再主动拉她的手了。贾俊比从前成熟不少,至少遇上这样的事,他再也不会问,"你外公外婆是不是感情不太好啊"("你爸爸妈妈是不是也是啊……")。但是偶尔,郑梨会怀念起贾俊每天有很多问题的时候。她从前觉得他中二极了,现在又怀念他单纯的时候,看起来一身正气,特别受不得委屈。他俩年轻的时候一言不合就火冒三丈,如今倒是都投奔通情达理而去,谁知道,激情也由此涸散了。郑梨还希望贾俊能问她些什么,又怕他真的问到了什么。

贾俊对此倒是没有异样的感触,他牵着郑梨的手,自言自语道:"郑梨啊,你不是还给外公送了巧克力? 那时候他吃了吗?"郑梨记得是吃了。但她没有说出话来。她那时不知道外公不肯吃鸡蛋羹,外公点头的时候,她是觉得有点疑惑。外婆那天还对她说,外公半夜自己偷偷爬起来找饼干吃,搞得床上都是饼干屑。然后外婆说,你们小青年工作忙,忙就不要来了,还是上班要紧,你爸爸妈妈过来就可以了。郑梨本来想跟外婆说,外公好像很饿。没想到外婆抢先一步对郑梨说:"外婆在家里啊,想想你的事就要哭,外面的人都很坏的,肯定都在说你,你们两个压力也很大的,你没事就在家好好休息吧,出去旅旅游,不要到这里来了。"

郑梨和贾俊于是辞别了外公外婆,他们本来打算过两个星期再过来的,走了几步郑梨发现手机没拿,又折返外婆家。推开门正看见外婆在客厅打开了折叠床。当时她觉得惊奇,外婆怎么睡在客厅里。外婆看见她,愣了一愣,又当没看到。圆桌上摆满了眼花缭乱的保健品,茶几下还堆着各种小纸盒包装。母亲每次去,都要帮她丢掉无数包装垃圾。想来,对于外婆家,郑梨还是有很多不了解的事。这些事,认真说起来也不是很重要的。比方说,在专车上,父亲说,昨天老太太让我帮他洗个澡,替换衣服直接拿了一套寿衣。父亲问:老太太是不是悲伤过度,脑子坏掉了?按说,恨也算不上啊,老头对她一直都很好的,一直都很好的……郑梨没有回答,反正她觉得外婆的脑子,肯定是没有坏掉。外婆一直都是外婆。外公生病以后,外婆没法出门旅游,脾气就越来越坏了。但脾气虽坏,她脑子很清楚。一直对着外公念"我们不要给小辈添麻烦,他们都很忙的"。郑梨当时觉得这是讽刺她,现在又觉得也许不是针对她,这些话啊,真是让人想不清楚。倒是贾俊抓着她的手一路都没有松开，久违了，郑梨心下有些百感交集。贾俊突然说，我们买个车吧，还是方便一点。郑梨不响了，以往郑梨心情不好的时候会说，我们又没有小孩，根本不需要车。

到外婆家的时候，姨妈和舅舅正要出门。郑梨问，你们要去哪儿啊？有什么要帮忙的吗？姨妈说，没什么，既然不送医院，也只好明天再说了。舅舅说，其实你们也不用来，来一个人就可以了，陪陪老娘。你妈妈留下来陪夜，明天通知居委会，再去医院开证明吧。我们明天还要上班，先回去了。你们也快点回自己家吧，你们两个明天上班吗？

外公外婆的床，郑梨小时候也躺过的，那时候她躺在外公外婆中间，跷着脚看《封神榜》，姬昌吃伯邑考的肉所做的肉饼；看《三国演义》，夏侯惇大喊"父精母血，不可弃也"，然后吃掉了自己的眼睛。以前的电视剧，现在想起来都很吓人的，当时倒是不觉得。童年的郑梨很喜欢外公外婆，因为父母经常吵架，郑梨心中对于模范夫妇的定义反而是外公外婆的样子。后来上中学的时候喜欢贾俊，也是因为贾俊长得有一点像外公。可惜这样的心里话，永远也不能说出来了。这些微弱的念头，伴随着熄灭的外公的生命，永远地在家族生活的雷达上消失了。

卧室看起来有些狭小，床上塞满了各种乱七八糟的东西，洋溢着一股可以忍受的怪味。郑梨父亲关了暖气,打来了水,让郑梨和贾俊去客厅坐着,他心里倒也有点避讳的,觉得小辈不应该参与这些事情,何况他们本来的压力也够大了。郑梨母亲一直在客厅里啜泣,精神恍恍惚惚的。她反而没有了微信里气愤的声音,整个形容都显得很凄酸。月光下,郑梨仿佛看到了地上的饼干屑,又仿佛没有。外公这样一个老好人,最后居然是饿死的,在这样的时代,居然还会有人饿死。这个念头让郑梨不禁毛骨悚然。当然,不受饿,外公也会死的。他不愿意吃东西,也许是因为绝望;他夜里起来吃饼干,可能是因为人还是有求生的本能的。夜里,他看到那碗放了那么多天的鸡蛋羹,心里会有多难过。

大家原为他可以死在半年后而感到高兴,后来为他死在眼下而感到一丝丝震惊,但似乎并没有人觉得外公本来此刻还活着这件事有多重要。郑梨明明把外公很饿这件事告诉了母亲,奇怪的是,母亲似乎也没有做什么。郑梨自己也没有做什么。

半小时过后,郑梨父亲为外公穿上了前几天没穿上的寿衣。他推开卧室门出来,问为什么客厅也不开灯,又不知道在对谁说:"人已经梆梆硬了。"

"妈呢?"郑梨父亲问。

"就在阳台里啊,你刚给爸爸擦身没看见吗?"郑梨母亲回答,"她每天睡不一样的地方,她真的老糊涂了,想怎样就怎样。"

此时郑梨看见微信家庭群的名称换成了"永远最爱的父亲大人"。小姨妈改的。完了还说:"大家辛苦了,早点休息。"

二

先前因为看病,郑梨已经用完了今年的年假。按规定,丧假是必须直系亲属过身才可以请的,郑梨识相地什么也没敢说。她让贾俊代为守夜,贾俊也没有怨言。这些日子,郑梨在单位的处境不好,台里这一年一直在重播旧片,没有广告收入。再这样下去,感觉频道关门是早晚的事。单位上上下下的人都在接私活。有一次她和贾俊接了一个片子,钱还没领到,就被人举报了,两人被领导约谈,都写了保证书,搞得像中学里一样。郑梨觉得自己早晚是要被开掉的,这才使得"怀孕"又添一些拯救的意味。万一现在怀上了,大概还能赖上一阵子。

两个晚上,郑梨在娘家陪母亲睡觉,母亲都睡得不错,听得到稳稳的鼾声。郑梨久远没有听见母亲打鼾了,这让她突然有点想哭。出嫁前，她有很长一段时间也是和母亲在一起睡的。母亲的鼾声有时候会吵到她，后来听贾俊说，她也打呼，声音还不轻，也许是遗传。可惜自己的鼾声，自己是听不到的。自己的梦境，别人也看不到。亲人睡在一起有什么意义呢？如果普通人家的房子足够大，也许能把这种问题想得更加深刻一点、透彻一点。同床异梦，年纪越大越觉得平常得可怕。我们根本不可能和一个人睡在一起就做起同一个梦来，最最相爱的时候，也是不可能的。反而是鼾声，能让母亲成为母亲，父亲表现为父亲，妻子像一个心平气和的妻子。

郑梨父亲和贾俊，两代女婿，在郑梨的外婆家守夜，陪着外公的大体。郑梨外婆因为害怕，自己在阳台里支了张床。两天以来，郑梨下班后就赶去外婆家，火急火燎的。真的到了外婆家，又觉得自己是个多余的人，帮不上什么忙。郑梨问贾俊白天的事，他都有一说一，但基本说不出个大概，他分明有很多困惑不得解。比方他说，今天外公的堂兄弟们来过了，问为什么不设灵堂，外婆说，要么设一个。贾俊问，不设灵堂，那我们前两天的通宵叫什么？郑梨也不知道。就问他补眠了吗？他说，其实白天没什么事，睡过了。郑梨外婆出来看到他们俩，也不热情，也不悲伤。她问贾俊，你都不用上班吗？贾俊说，外婆我是周日周一周二周三周四上班。

郑梨心想,不就是周日到周四上班,为什么要一天一天说出来,一天一天说出来,也不会听起来比较多。郑梨问外婆,有什么东西要烧吗? 外婆答,你外公是党员,不烧也没什么的,他不相信的。

郑梨父亲忙前忙后,仔细看看似乎也没在干什么要紧的事。主要就是帮忙丢垃圾,外公的衣服、被褥、垫子、毛巾、手巾,甚至是喝过水的茶杯、吸管……本来应该要烧掉的。外婆说她不想看到这些东西,说她要整理房间了,让郑梨父亲去丢。郑梨父亲老实,就只好拿去丢了,一趟一趟。丢的时候说:"衣服上都是味道,作孽,什么味道都有的。"郑梨母亲趁机也帮老太太丢了不少药盒子。那些奇异的三无产品,一点一点快把这户人家的空间吞噬掉了。它们的说明书、包装盒、保证书、防潮剂散落在这个家的角角落落,沙发缝隙的灰尘与药丸的粉末,嵌在一股尿液、胃酸、胆汁的混合味道里。怎么丢也丢不完,怎么清扫也扫不干净。它们明明是带着健康长寿的愿望而来的,却散布着疾病和衰老的气息。外婆有时出来说两句叮咛,有时在阳台甩甩手甩甩脚做一些轻微的运动。殡仪馆车把人拉走以后,家里像是送走一位麻烦的客人一样,大家都主动承担起一种如释重负的氛围。小姨妈是会计,发挥了特长,在微信群里做表格记账,以便未来公摊。郑梨刷了一下手机,看到表格末尾有一项写着"牡丹一包，三十一元"。那烟，显然是小姨妈从家里带来的。

郑梨母亲问，爸爸还有什么钱没有拿的吗？销户之后，到银行处理就很麻烦了。外婆说，他一分钱也没有，你们不要想他的钱。郑梨母亲去派出所销完户回来，外婆却拿出了一张存折，说这张漏掉了，还没有拿。第三天，郑梨因为同事要外出干私活，硬要郑梨跟她调了班，郑梨于是憋着单位的气回到外婆家，陪母亲去了趟银行。说来也怪，他们排了很久很久的队。有个人拿了张一百块假钞去兑换，但他的钱半张是真的，半张是假的，因而他主张要换五十块。工作人员说不能换，因为钱已经收进来了，假钞就要没收的，如果你刚刚撕掉了，那么这张钱有一半是真的，可以作为破损，还能给你五十。他说那我现在撕，柜员说现在不行了。他说，上个月明明还可以换的，不信你们调阅监控，我来换过的。然后银行就放着柜台的事不管，派人去调监控。郑梨母亲说，要不是因为销户了，今天就不排了，什么乱七八糟的事情。这场等待虽然无聊，却令母女两个有了难得的独处时间。

郑梨母亲说，有个小姊妹告诉她，有个朋友，五十多岁，钻石级别的单身汉，去美国办了代孕，找了一个日本女孩子生了儿子。小孩照片都辗转发过来了，她看到了，挺不可思议的，但蛮好的。唯一的问题是，小孩子回到上海就没有妈妈,这对于一个男孩子来说,真是很作孽的事情。吃遍天下盐好,走遍天下娘好。这种事爸爸都想不到的。对了,你们想去美国生吗?

郑梨说,我们的问题是没有钱。单位也是每况愈下。我们自己生都花了很多钱了,不要说叫别人生。母亲说,我还有套房子。郑梨于是沉默了。她心里肯定是不情愿的,何苦呢。哪有这样的事,花那么多钱,得到一个别人轻而易举就有的东西,只是为了证明自己和别人是一样的。如果她和贾俊真的走不下去了,母亲还有个房子,不是蛮好的。这些日子,婆婆索性也不来烦她了,婆婆当时抓着她的手肘说,谁有问题谁出钱。郑梨没有说婆婆动作粗暴,但这话她是说给母亲听过的,母亲居然听进去了,这让郑梨有些心酸。时间一分一秒挨过,叫号极其缓慢地增加了十个数字,天都黑了。郑梨母亲说,你想好不要就算了,我也就是说说,我们家无所谓的。我看贾俊人蛮好的,像你外公。你再找,也不一定能找到这样的。

郑梨母亲又继续唠叨,两个人啊还是走得早的好,有人照顾……

回到外婆家的时候,郑梨心情有些沉重,但不是因为外公。员工群临时通知,第二天开大会,每个人都要到。郑梨心里觉得不妙,转而跟父亲母亲打招呼,明天要和贾俊晚点过来。郑梨转头对贾俊说，我觉得大概是坏事。这样一来，我们的事又要延后了。贾俊苦笑一声，说，其实都是天意，勉强不来的。郑梨知道，贾俊如今的说话之道，是前三年轰轰烈烈的争吵换来的。什么叫天意。到如今，两个疯狂过的人突然平静下来，表面上是没事了，可从那时起，平日里说出来的很普通的话，听上去都不止一个意思了。这是不是也是天意。

要说这段婚姻里，郑梨最怀念的，是有一次错把排卵试纸当早早孕测怀，发现粉印后的一个小时是她和贾俊经历过的最快乐的一个小时，心中充满了感恩的人和事，眼眶含泪，却一丁点都不是因为历尽过苦辛。那之后，郑梨经历了连环的手术、经历了宛若炼狱般的心灵苦行。每一次失望，贾俊都会带她出去旅行。国内好多地方、周边国家他们都走遍了。很多人都羡慕他们感情好，同时又问他们，有好消息了吗？还有人给他们发红包，好像赈灾。

大殓被安排在五天以后。郑梨问父亲，为什么那么晚才办仪式？父亲说，你小姨妈不肯用丧假。郑梨问，为什么？父亲说，丧假她说留着还有用，一定要放在周末。郑梨更加纳闷了，丧假还能留着还有用的？她还有直系亲属要死吗？谁啊？父亲说，你别再问了，我也不懂。

周末，殡仪馆人头攒动，天气说不上是寒冷，但也不让人自在。上海的风物也就在这个季节最苍茫不过。天空没有一块是蓝的，可能是白的，有时是灰的，像一种心情，中年人的心情。沉重的，但又是光明的。粗略看是看不出个情绪来的，只觉得平常。仔细想呢，又很怕想破了什么缘故，真正坏了心情。

正在发呆的郑梨，远远地看到一个人，从一台大巴上下来，头发上别着一朵白花。照理说，在这里看到这样装扮的女性并不稀奇，但这张脸，郑梨太熟悉了。

刘童。

身边的贾俊显然也看见她了，几秒钟后，他扭头回了礼堂。

郑梨看见，刘童身后还跟着一个三四岁大的小男孩。

三

人死了为什么要穿寿衣？据说是为了让远古的祖宗认得出来这是自己宗族的后代。但现在什么东西都是批量生产出来的，意思意思就是最大的意思。什么是远古的祖宗，如果没有遇上大的迁徙，那么街坊邻里、宗族乡亲，总要比隔一个户籍地来的亲近。穿什么样的衣服，无论生前还是死后，其实都是装饰，不作数的。有的人永远在台面之上，有的人永远埋在心底。有的人不管跑多远，他都是家里的鬼。有的人即使睡在一起，那也不是一条心。总之，冥冥之中自有安排。

贾俊记得自己爷爷过世的时候，从断气到入棺到出殡到做七，轰轰烈烈。哭丧歌都有各种套头，最热闹的就是散哭，仔细听调头里面的词，还能听到爷爷的生平事迹，做了什么好事，吃过什么苦头，借给过谁钱，帮助别人渡过了难关。五七祭奠，那是一点不马虎，家里人无不披麻戴孝，孩子上学也要请假。无论空间大小，家中东西南北四个方位都要用八仙桌摆好祭品，爷爷的灵牌、香炉烛台、贡品礼器自不必说，还有一些小心意，会镶嵌在这些程式里。比方贾俊奶奶在主祭台上悄悄放了一盒范雪君的评弹磁带，特别不起眼，却是贾俊亲眼看到的。奇怪的是，奶奶放磁带的时候一声没哭，啜泣都没有。正经要哭的时候，哭得撕心裂肺，特别卖力，跟表演一样。在一干道士诵经的调头里，可不是随便唱唱的，还包括了点歌，都是付过钱的。贾俊母亲特地提醒他听，他们家一共给爷爷点了四首歌，不仔细听会以为是诵经，这样钱就浪费了。仔细听来也不好辨认，有一首是爷爷的确挺喜欢的《新白娘子传奇》里的歌，除此以外的贾俊都没有听出来，浪费了三首歌的钱。许多年后，贾俊已经不记得爷爷活着的时候发生过些什么事,那个漫长又还挺有趣的告别仪式,倒成了他生命记忆的一个节点。听到《千年等一回》,也会想念爷爷。那时,作为长子的父亲,引领着爷爷的灵牌,跟随手摇铜铃的法师,在不知所谓的吟唱中,带着看不见的爷爷一步一步走向奈河桥,一步一步平安地走过奈河桥。然后,爷爷就把他们都忘记了。作为亲属的他们,围桥而立,即使什么也看不见,却看得十分认真,气氛极为庄严。

所以人跟人、家与家还真是挺不一样的。比方贾俊觉得郑梨家简陋,也不是头一回了。更年轻一点的时候,他想不到很好的词来表述这种感受,说着说着,郑梨就觉得他是不是看不起她,是不是不要她了。贾俊倒不是这个意思,但郑梨十分敏感,还在越来越敏感中。贾俊心里的简陋,并不是那种家庭环境方面的简陋,而是人情世故。按说,郑梨家不算清贫,人丁也不少,并没见他们老吵架,但就是让人感觉到一种逼人的简陋。郑梨外公的事,是个外人恐怕都看不下去。外公亲兄弟来家里的时候,大骂郑梨外婆是毒妇,成天佛口蛇心,连个灵堂都不舍得花钱给丈夫,把钱都送给外面的骗子,上当了也不知道。这些话,贾俊一个字都没跟郑梨说。郑梨也怀疑外公是饿死的,但丧事能办得这样冷清,家人还能如此相安无事、井井有条,公账连表格都做得出来,实在令人叹为观止,反而让人无话可说。贾俊尽量不去想,自己要是有一天死了,是会像郑梨家一样潦草,还是像自己家一样铺张。这似乎也是这几年以来,他和郑梨婚姻生活中巨大的乌云。他原来以为这只是生不生孩子的问题,现在才一点一点想到自己身上去了。

在礼堂门口抽烟的时候,远远地,贾俊也认出了刘童。他们很多年没见了。早听说刘童嫁到澳洲去了,怎么又回来了呢。真是冤家路窄。

刘童和贾俊倒是真正的青梅竹马。两人在十八岁以前的履历几乎是复制的。两家家人也都认识。贾俊小的时候,刘童家比较有钱。他眼睁睁看着刘童一步一步长成了一个万千宠爱的青浦区小公主,从小就经常浪费食物,还到处分发零食。贾俊开始也看不上她,觉得她虽然大方,但是胖。刘童瘦了以后,那就另当别论。以貌取人的年纪,人人都会分到长长短短的因缘。中学以前,两人太熟悉了,熟到什么程度呢,刘童就仿佛是自己家里有钱无脑的堂表姐,过年都要走动,他俩横在屋里看周星驰看三眼神童,跑到户外踢踢毽子、放放鞭炮,推推搡搡也是常见的事情。贾俊从来没想过有一天会很久都看不到刘童。刘童那会儿也没看上贾俊。因为她母亲看不上贾俊,老跟她说,结婚是第二次投胎,眼睛要睁大。刘童第一次把贾俊当一个男人来看,就是因为把眼睛睁老大了,贾俊帮她点眼药水。她很长一段时间都记得那个青春片般的场景，贾俊抱着篮球跑到教室里对她吼："眼药水拿出来，我去洗个手就来帮你点。"班里同学都觉得他们是一对，只有刘童知道郑梨喜欢贾俊，他们俩也许能成。这取决于郑梨的眼神，实在是摄人心魄地痴心。贾俊的想法，在那时反而是不重要的。郑梨对刘童说："你的眼睛是真有病还是假有病，我也想得这个病呢。"刘童觉得电视里的林黛玉活生生爬出来了，像贞子似的。但后来郑梨和贾俊真成了夫妻，居然也是因为刘童大学时的加火添柴。刘童不是没有后悔过，但这样的事和谁细讲？谁没有年轻过呢？

且不说郑梨从一开始就坦坦荡荡对刘童说，我中学的时候跟你玩，推荐歌给你听，借你MP3，推荐电台的主持人给你欣赏，没一件是因为我喜欢你，而是因为我喜欢贾俊。但因为喜欢贾俊，我的确也开始觉得跟你做朋友蛮好的。刘童心想，呸，不就一个贾俊吗，至于吗。刘童几乎是尽其所能将贾俊从小到大的事情，包括爷爷奶奶外公外婆喜欢吃什么穿什么，姑姑婶婶姨妈的矛盾，跟画宁国府荣国府的人物纲要一样画给郑梨看。但郑梨不要看，她对此没有任何兴趣。郑梨只问，那贾俊喜欢什么样的人？他最喜欢哪个女明星？他喜欢你吗？刘童心想，当然是啊，不然呢，可是我看不上他啊，其实我也看得上他，但我妈看不上他。刘童于是对郑梨说，贾俊这个人啊，自尊心强。心里都明白的，但是倔，倔好啊,你就刺激他就行了,他一定会往相反方向走的。那要不我来刺激刺激他,虐贾俊,我拿手啊! 我好人做到底,可是你真的想好了一定要跟他在一起吗?

郑梨说,嗯,为了他我不知道哭过多少回了。

刘童心想,你是有病吗? 你哭你也不跟我说,果然是没把我当真朋友,只是利用我。你也太不是人了。但刘童又想,不就是个贾俊吗? 那我连带你郑梨一起虐好了。男朋友,有的是。

刘童对郑梨说,你要有耐心。我妈不喜欢他,我要跟他在一起,我妈携带着背后大概几十号大姨大婶都会劝我们分手,这事吧,贾俊肯定受不了。所以你得忍耐一阵我和他一起的日子,在此期间我会跟他说你有多喜欢他,你也多跟我说说你到底哭了些什么玩意儿。完了我再把他甩了,我保证他会来找你的。你要保守秘密,永远!

郑梨说,好的呀。

那年她们二十岁。贾俊和刘童谈了七个月的恋爱,刘童就甩了他出国了。

贾俊后来果然来找了郑梨。郑梨一直记得她的诺基亚收到的第一条贾俊发来的短信是:"今天星期天欸,你无聊哦?"

四

郑梨问贾俊，你们老家是怎么办葬礼的呀？是不是比我们城市里要复杂一点？

贾俊没说话。

告别的时候，小姨妈哭得梨花带雨，但姿态还是矜持的。舅舅也眼睛涨得红红的，虽然自从外公过世那天以后，他们也没怎么见到过他。最后在选择谁陪去火化炉的时候，家庭成员之间出现了短暂的僵持。郑梨父亲说，那我去吧。贾俊说，那我也去吧。他们二话不说就上了车。郑梨本来也想去的，但不知为何又突然想陪陪妈妈和外婆。

郑梨外婆看起来很憔悴。也许是因为家里太暗的缘故，放到户外还是高亮的灯光下，她便难得显现出风烛残年的那一面来了。奇怪的是，她这样衰老蹒跚，到底是怎么去的免费旅游，又是怎么买回来的那么多奇怪的保健品，真是一个谜。她看起来连跨越一个区都要废掉许多体力，今年听说已经去过四次黄山了。听母亲说，那些销售员都会跪在地上对老人们说"妈妈，你怎么那么久不来，我好想你啊"之类的肉麻话。小姨妈和舅舅也一致表示鄙夷，现在的时代，为了钱，真是什么话都说得出来啊。我们真的做儿子女儿的,这种话反而说不出口的。老太太真是老糊涂了。

外婆仿佛要晕倒的时候,零星的家人又显得一团乱。

是不是低血糖啊? 这么一大早的。谁有巧克力? 小姨妈问。郑梨于是从包里取出一块来。上一块,她还是给外公吃的。好在,外公再也不会饿了。也不会有人知道他饿,不会有人假装不知道,不会有人知道了也不知道该怎么办。

郑梨心里还牵挂着刘童。但她也不敢回头再去找她,郑梨甚至希望外公这里能快点结束,或者刘童那里仪式的时间能长一点。她家族里是谁过世了呀? 贾俊一定也认识的,真可怜。都把她从国外喊回来了,一定是很重要的人吧。她看起来有点胖了,一胖就显得矮了半个头。但气色还是挺好的,黑色的套装也看起来不便宜。她这些年都在干吗呢? 她会不会还记得他们俩呢?

想起来,郑梨早早就把刘童发给她的最后的短信删掉了。但那台手机她始终没有丢掉。那台手机实在知道她太多秘密了。她要把它像石头一样埋在家里。比方刘童对她说,贾俊被我气走了,你放心,他恨我,他不会再来找我了。郑梨问她,我能问是发生了什么吗? 刘童说,我说我妈看不起他,要我跟他分手。他不信,每天来我寝室楼下找我,给我送早餐。我给他看了我的签证,给他看了我的财产担保,然后丢给了他两千块钱，让他来找你，带你玩。两千块钱，够他在网吧玩两千个小时玩到中年危机，也够带着你玩到生娃了。郑梨问，他说什么呢？刘童说，你不是人。

郑梨本来是想琢磨，最后这句话是贾俊说刘童的，还是刘童顺便说给她的。但这不重要，重要的是，贾俊是真的喜欢刘童，还给她送早餐，这真令人伤心。郑梨越想越难过，最后不想理刘童了，真是的，有钱了不起啊。隔天郑梨又觉得，这事根本不是她想出来的，她错在哪儿了？喜欢人不犯法啊。这就更加生气了，索性不再回复刘童。在校内网上，郑梨看到贾俊把刘童删掉了，删掉之前，还去她的页面看了一眼。然后，郑梨也把刘童删掉了。删掉之前，去那里看到了贾俊的脚印。

但时过境迁，尤其是经历了巧克力囊肿、四次取卵、三次放胚胎、输卵管介入……之后，郑梨忽然想起刘童最后一条短信中的话，是不是一个无心的诅咒呢？后来贾俊经常对她说，不要着急，一步一步来。到底哪一步才是第一步，她又已经走到了第几步呢？在一次一次取卵的手术室外，郑梨都感到十万分的恐惧。这大概是她这一生中真心想和丈夫同归于尽的时刻。她已经感觉到贾俊问她的一万次"疼吗"中掺杂了越来越多的礼貌和厌倦。有时例行公事一般做爱完毕之后，贾俊用纸巾拭去身体上残留的液体，也会自嘲般地说上一句"我们的孩子啊",有一回郑梨听到这话就哭了,原以为贾俊会紧张,没想到贾俊反而看着她说:"你们妈妈舍不得你们啊,都哭了。"然后高喊着"父精母血,不可弃也",假装要吃掉点什么,一跳一跳地跑走了。那个表情真是太吓人了。郑梨吓到连自怜都忘记了。

"你要保守秘密,永远!"记得刘童说。
"好的呀。"郑梨说。

五

2004年12月28日,上海下了一场大雪。

那天放学后,大家都很兴奋。郑梨对刘童说,想去外滩玩一玩,看雪看江。她知道刘童会叫上贾俊。贾俊那时正在操场上和其他同学一起疯疯癫癫地滑来滑去。这节是体育课,上得十分涣散。老师们也知道,这样的天气,收不住学生们兴奋的心了,不受伤就好。郑梨和刘童则躲在楼上窗台前,两人捧着一模一样灌满热水的味全每日C塑胶瓶,眼看操场上其他同学滑来滑去。南方的冰雪天,最好看的永远不是雪,而是自以为不会滑倒的人。

窗台上有一些冰，冰上又敷着一层冰霰，可以划开写字。郑梨写了一个"JJ"，刘童以为是林俊杰，说"风到这里就是黏"是什么意思啊？郑梨没有睬她，说："26路人很多的，我们早点走。"

江边风雪里，贾俊一个人打着伞，他不知道该走向谁，走向谁才是对的。有辆卖热珍珠米棒子的小店正放着《友谊地久天长》的歌曲。郑梨和刘童瑟瑟缩缩戴着帽子，越走越近，近到看得到彼此挂着冰霰的眼睫毛。

醉太平

一

林老太太往生第二天,铳炮声就周知了邻里。林家门上多了"慈制"字样,哀戚一片。林东方让儿子林太吉去邻里家报死,分发丧贴(一定要放在人家椅子上),叮嘱他不许说"死"字,就说奶奶老啦,别人都懂。可惜奶奶没过八十,家里只能穿蓝,代表孝顺。

林太吉裤兜里塞着一台新手机,那是母亲回家送给他的。林太吉心里窃喜得很,他终于体会到了邻居家明明只剩两个人却盖了十三层楼的极致的快乐,脸上却只能表示大悲。林太吉知道,在那十三层楼里,从十楼到十三楼都没装修,跟个工地似的,大、脏、很多垃圾,不像个家,倒像个真相。他们潦潦草草就好好弄了个外墙,搞得富丽堂皇,外国的房子似的。没人上去过他们家的十几层,林太吉上去过,所以他知道，那栋楼的荣耀是有瑕疵的。相较之下，林太吉的手机可是簇新的，最新的，里里外外都是货真价实的，没有一丁点冒牌之处。四海八荒的年轻人，谁都没有比他更新的手机了。他恨不得跟所有人视频，跟所有人说："嘿嘿，新的，也就那样。"

2002年，母亲离开家时林太吉才一岁半，按说，奶奶才是他最亲的人，实际上也是如此。但母亲有钱，至少回来的时候看起来是这样，有钱就令人欢迎，令人感到亲，突然间就亲了起来，一点也不唐突。林太吉拿到新手机，几乎连自己两岁时母亲长什么样子都快要想起来了。当下他心里只有一个念头，就是躲到屋后院跟手机里的女朋友视频。大太阳底下，他还戴了一副母亲送他的新墨镜，摆弄来摆弄去，抱怨女朋友的脸怎么黑乎乎的，结果被手机里的女朋友臭骂一顿。她每个月花不少钱在脸上，就希望看起来更白，像日光灯一样白。女朋友说，那你把手机送我吧。林太吉嬉皮笑脸说，那你把上衣脱了，给我看一眼。他俩总是那么相谈甚欢、其乐融融，虽然林太吉从没见过她真人，但他有她不少照片，这些照片就是爱情。他刚才还在想，怎么把那些照片导入新手机。

聊完视频电话，林太吉不慎听到屋里父亲问，再走吗？母亲说，还要想想办法。林太吉猜想母亲也许并没有拿到新身份。虽然她对所有人都说她已经是英国人了。听说,拿到身份的人,都不会再回来了,葬礼也不会回来,天塌下来也不会回来。这样的事,林太吉不知道父亲会不会问问清楚,反正他是不会去问的,也不知道怎么问。他觉得自己是第一次见到母亲真人,虽然他已经快十八了。母亲真人不错,就那样,跟想的差不多。

林太吉也没有亲眼看到父亲母亲说话的那个场景。因为这似乎是极反常的,反常到让人不好意思面对。2002年到2009年,也就是林太吉十岁以前,他就是没有母亲的孩子,这在周遭也并不稀奇。更多的孩子既没有父亲也没有母亲,或者只有母亲、没有父亲。他的状况算比较冷门。毕竟女人等男人,那是天经地义的。男人等女人,就有点与众不同,有点丢人。这也是没办法的事,命里安排的事。开始母亲和父亲都去了法国,那时法国比较松。林太吉本来也会成为没有父亲、没有母亲的"孤儿",成为和其他小孩一样的人。谁知临到入关,父亲被通知遣返。于是,背着双份债务的母亲,独自乘"欧洲之星"到了伦敦。她从外卖店做起,这次回来以前已经是住家保姆,周入六百英镑。那可是喜人的数字,可以平息不少事,还清了债,整修了家。十七年前,林东方回到家里,继续给同乡看看仓库。他大部分时间都闲着,一个月赚八百块钱,这几年,涨到了一千八百块。很多人都谣传林太吉母亲在伦敦一定是有相好了,没有女人能独自打拼。林东方也相信这样的传言,但林东方从来不提这事,这在周遭同样不稀奇。他有时出去找小姐,还特地搞得人尽皆知。奶奶问他,太吉什么时候出去。父亲说,等我弄到钱。奶奶说,你一直在糟蹋钱。奶奶更喜欢林太吉,对太吉说:"你和你爸可不一样,你是个读书人。"太吉读到高中就辍学了,他在家族的默许之下等待着一种命定的"转机",这个转机也不知道算是不当"读书人"了,还是要当"读书人"了。

2012年之后,母亲突然出现在了林太吉的生活里。林太吉对手机里她的样貌感到惊异,但令他更惊异的是手机的神奇。从此,他们一家三口,每个月在手机里团聚一次。父亲会拿着手机,拍摄家里需要什么的场景,譬如说,"你看,地板坏了",然后用手机照着破洞。譬如说,"你看,隔壁买了新车",然后用手机照着新车。譬如说,"你看,太吉可以结婚了",就拿手机照着太吉。太吉很早就知道自己已经有一个安排好的老婆了。一旦母亲给买了房,老婆就会从天而降。

二

出殡队伍长而复杂,乐队之后就是摩托车连接着三轮车,花圈是泡沫塑料做的,上面钉着稀稀落落的花。魂轿也免了,沿路飘飘荡荡的只有孝灯、招魂幡、挽联、铭旗,吹鼓手演奏各种运动会开场也会演奏的进行曲。和林太吉曾经见过的执绋队伍相比,算简约得很了。

如果不是两年前,父亲把母亲这几年寄回来的钱投去了P2P,花牌上的鲜花还能插得更加密集一点,母亲也能坐上竹轿。如果没有P2P,不管奶奶死没死,母亲都已经要彻底回家了。可惜出了事,这两年母亲只得一边重新赚钱,一边想把快要十八岁的林太吉带出去一起赚钱。这显然令父亲感到生气。母亲总是在手机视频里说,快要来不及搞了,叫林东方抓紧。林东方则坚持,一定要让林太吉在老家先结个婚,生个孩子再走。女人他都找人看好了,就差买个房子。男人结了婚出去是最好的,虽然父亲并没有从这种习俗中获得个什么好。如今,奶奶走了,母亲回来了,父亲倒是借机重回起点,时光倒流。那时候他就跟林太吉似的,快要结婚,快要有孩子,快要出国。天地之间充满光明的希望,致富的十三层楼的那种希望,而不是幽冥灯里的孝子的希望。

第一次见到自己未来的太太,林太吉居然十分紧张,血脉偾张。尽管他已经在电脑里看过裸体的女人无数,手机里也有女朋友奖赏的美照,但这个太太是他没有用别的东西看过的,是直接用眼睛看的,可真是刺激。说不上好看,也不是难看。她好像也不知道应该忙着紧张,还是忙着为她根本没见过的一个老太太悲伤。

能出席奶奶的葬礼,说明这事可能真的八九不离十。丧事里包裹着快要来临的喜事,林太吉觉得自己脸上分外有光。团圆的乐曲响彻天际,戴着蓝帽子或白帽子的宾客笑意盈盈,臂弯里挎着红带子的妇女们都心知肚明地见证了这一切,大号的喇叭口上白底红字贴着"玖乐""床前小儿女,人间第一情"……持招魂幡的林太吉觉得奶奶升天这一日,居然令他有一丝醉意,一息微风随幡掠过头顶,命运像奶奶棺木上写的那行字一样磊落温馨:"美德长存"……

"要不要问老婆要个微信呢?"跪在地上的林太吉心想。

三

因为陪伴母亲走过最后的岁月(包括最后之前的那些岁月,他其实也没有离开过母亲超过一周),林东方虽然投资不力、一事无成,却享有"孝子"的美名,他也乐在其中,是连四十九孝歌都不用唱,就被盖棺定论、不会易动的一份荣誉。他本来想,投资赚大钱之后,他能像个男人一样给儿子买房,让儿子成家,送儿子出国,光宗耀祖盖楼房,子孙满堂办移民。可惜时局太差了。出国也没有从前那么容易,先要把户口换了,再找机会交钱滞留。眼看着人生大半过去了,上一回和老婆睡觉还是十几年前,说紧张是丢人的,但比紧张还丢人的,是身体也不如从前听话了。林东方觉得,老婆就在手机里当老婆也不错,她可真能挣钱,回来可惜了。她一定还有很多事没说真话。可他们并没有去领离婚证,这是事实。他们结婚十八年了,这也是事实。太吉就是证据。如果不是母亲走了,太吉要结婚,他们三人见面简直遥遥无期。就像隔壁谁家、谁谁家、谁谁谁家,各拿各的护照、各过各的日子,谁也不管谁,也管不了谁。一个月视频里团圆一次,说说自己赚了多少钱,说说家里还缺什么……这可不就是太平日子吗?

四

"……我回来看完了病,太吉结了婚,就想办法回来的。"林太吉起夜尿尿时听到母亲对着手机说。他定睛看了一会儿,手机里的那张脸怎么黑乎乎的。回屋时他不慎被不知道什么东西绊了一下,又定睛看了一下,原来一张遗落的魂帛,刚好盖在地板的破洞上。林太吉想起来,父亲曾说要修这块地板,但他从来不直接问母亲要钱,他会拿手机朝着要花钱的地方——破洞,或者他的脸——照一下……

父亲挺逗的。他想。

锦缠道

一

"乌鲁木齐中路是上海市徐汇区及静安区的一条道路。在1911年到1943年之间的名称为麦琪路（Route Alfread Magy）。该路为南北走向，南至淮海中路接乌鲁木齐南路，北至华山路接乌鲁木齐北路，全长八百八十米，宽十二至二十七米……"我和麦琪小时候学弹钢琴，常常走过那里。下雨的时候，也可以说是蹚过。九十年代初的上海，城市排水并不好，水门汀上积攒起小水塘是容易的事，汽车开过的时候，会溅起跳跃的水龙。雨后，我和麦琪曾经交流过，要如何把池塘里的蝌蚪捞起来，放到雨天的临时水塘里玩，一阵心领神会的哧笑。可乌鲁木齐中路的水塘是不一样的。我们决不会在那里养蝌蚪，再等太阳出来，坐在地上等待蝌蚪被活活晒干。那是我们都没有福分出生的城市蛋黄区，可不是什么干坏事的好地方。即使是二十年后站在那里,我们也只能仰望它。

那一年,可能是伴随着"一只小老鼠在昏暗幽深的大森林里散步""从前,有四只小兔子,它们的名字分别是软塌塌、乱蓬蓬、棉尾巴和彼得"等等甜美故事的磁带声,我们潜意识中还相信着不管什么比赛,乌龟终将战胜兔子,严肃的老师就是突然冒出的乌鸦,爱丽丝钻入兔子洞就是掉入另一个世界,往下掉往下掉往下掉,掉出来的爱丽丝也不会有什么真正的损失……我们咬着一毛钱一张的葱油饼,被音乐学院门口外国人慢跑的身影攫住了眼神。那些外国人看起来并不真的赶时间,却跑着步。上海的天色一如既往灰蒙蒙的,那些和我们长得不一样的人却好像携带着什么未名的、神秘的东西,在城市里穿梭、飘曳,播撒偶然的种子。

那是我和麦琪最早看到的、活的外国人,他们的步伐伴随着音乐学院里传来的各种乐器刻苦操演的声音,显得十分奇异。外国人的脸上总有一种没有表情的自在和松弛,院里传来的琴声又难免代表着青年同胞的苦劳。我不喜欢外国人的腔调,因为分明他们是寓居,却显得我们像外国人。麦琪和我的感受一定很不同。我曾经以为,我和麦琪还会有许多个这样的时刻,我们一起穿越时光,我们会看到无数种相似的惊异。殊不知人生中许多事都说不好。有些起初并不起眼的事居然都是一次性闪过的,第一次也是唯一一次。它非常重要,好像风吹落了深秋的最后一片叶子。后来还会有许多凛冽的事要发生,但都与那息风无关了。

我和麦琪都是直到很久以后才第一次出国(晚得好像并不值得正经说出来),她去了美国(不知道是不是真的),我去了日本(出了公差)。飞机起飞的那一刻,我有点紧张,突然想到一首老歌,叫《人在旅途》,是一位新加坡歌手唱的。我和麦琪都喜欢看新加坡电视剧。新加坡人说的是中国话,口音却很特别。看完了电视剧,我们还要争论电视里的女主人公谁最漂亮,那是练琴闲暇,我们最开心的时候。因为想看得更仔细,以便周末能和麦琪多说一会儿话,我在霸占电视机的过程中被母亲暴力打断。母亲红着眼睛用卷发棒捶了我一顿。卷发棒不太适合捶人,因为齿梳是软塑料做的。打完我,母亲哭了(这非常像她的风格,好像明明是她想离婚,结果号哭的人也是她),她边哭边倾诉。她从遥远的童年、自己被哥哥欺负开始说起,一直说到离婚后担惊受怕会养不起我,最后说,因为我沉迷电视,辜负了她的期望,毁灭了我们未来的家运。这个庞大的女性史诗故事,居然降落在了七岁的我想要看电视的过失之后就灰飞烟灭了。都说人生如戏,可人生要真做成戏,好像还挺难看的。母亲用卷发棒捶我的时候,我突然想起麦琪说的,"以后我们俩要是绝交,就唱一首《人在旅途》吧!"因为,电视剧的结局就是突然的离别,看也看不懂的那种离别。"千山万水脚下过""若没有分别痛苦时刻,你就不会珍惜我",我好想对母亲这样唱。这瞬间而过的想法令我感到害怕。很快,我就掐灭了内心中反抗的萤火。那之后,我就不太看电视剧了,我命令自己不可以喜欢看电视剧,然后我就做到了。奇怪的是,许多年后,当我买了人生第一间房的时候,没有在家里安装电视。母亲却表现得非常失望,她对我说:"你是不是压根就不希望我来看你?"令我哑口无言(电视真坏呀,总让人为难)。

想起来,那时母亲的期望并不恢宏,她不过是希望我未来能成为穿着体面、有人喜爱的女孩子。我极不喜欢母亲抱怨生活,却难免受她殷殷期望的影响。她像一个宗教一样矗立在我面前,提醒着我有罪,不许我散漫,只可以相信,不容许质疑,这一招还挺奏效。其实看电视不一定只有坏处,譬如我就很喜欢南洋电视剧里那种女孩子咬紧牙关也要"出人头地"的朴素追求,因为生活里看不到,算得上一种启蒙。生活里的故事无非是像舅舅家的那样,任由大女儿发烧活活烧死了,再喜迎新的儿子。每到过年,舅舅总说起这事,然后喝酒、流眼泪,像某种文学里的鳄鱼。新的儿子很快也长大了,他模仿父亲的口吻煞有其事地在作文里写,"我有一个姐姐,可惜夭折了,如果没有她,就一定没有我",还参加了美好家庭作文比赛,拿了奖,他得意的样子像某种小鳄鱼。我和母亲一样不喜欢舅舅一家,但小鳄鱼的作文在电台里播送的时候,母亲还是逼迫我听完,要我学习。我只感觉自己是多么幸运,能平安地活下来,没有成为谁感激的对象。我不再相信写作,因为知道明明不是那么回事。

在我没有任何出人头地的迹象之前,母亲突发奇想要让我学点艺术,那也许是我人生中的重要插曲。我觉得学习"艺术",就是学习孝顺,再加上交交新朋友。好在,这段经历让我认识了麦琪,让我第一次看到外国人,第一次听到除了电视剧配乐儿歌之外的音乐,赐予我数不清的惊异。我和麦琪,从小哈农,拜厄,练习到车尔尼599、849、299,巴赫……然后就终止了,再学下去就要露馅了。我被选拔入了一个奇怪的电子琴交响乐团,成了一个业余级别的表演者,不收学费。我的任务,是用电子的声音敲击出单簧管的定音。知道被录取的时候,我的脸上火辣辣的,好像被看穿了什么。母亲却很高兴,她觉得很光荣。每次排练,她都兴冲冲给我照相,完了还要把照片洗出来放在家里的五斗橱上。在家里练习"定音"是远远没有练习完整曲目有趣的事。因为听不到主旋律,也看不到别人的乐谱。所有的一切,只能靠想象。想象是多么哀苦又迷人的事啊。

想象自己、想象别人、想象所有人汇合在一起,合作无间,就好像想象着幸福一样。

对了,其实我一直没有自己的钢琴。在家里,我都是用电子琴练习夜校布置的曲目,我练得十分刻苦,夏天即使汗流到地上也不会停止,所以连老师都一直没有看出真相,他一直以为我是有钢琴的,他一直很好奇为什么有的地方我会习惯性地降落八度。这当然是我童年时代最高级别的秘密。除了岁月,没有什么能将它解禁。这件事我没有告诉过任何人,包括麦琪。我和母亲也从来不谈起。出于某种神秘的倔强,我没有使用过电子琴上任何的音色和伴奏,我把它想象为——钢琴。然后命运又交给我一个新的任务,需要我把它想象为——单簧管。好像一种惩罚。

在加入电子琴交响乐团以前,我甚至都没亲眼见到过单簧管。即使是后来随乐队上台表演了多次,我见到过其他表演者带来的真正的小提琴、中提琴、大提琴,但我还是不知道英国管、低音单簧管、大管到底长什么样子,摸起来又是什么感觉。我不敢问,也不知道该问谁——我只能尽力本分地扮演好我所模仿的声音。那段训练的日子,令我开始熟悉机器模仿各种乐器的声音。不只是西洋乐器,还有中国乐器,二胡或者扬琴之类的。不仅可以很拟真,居然还可以很恢宏。不仅可以很革命,也可以很民间。我们就像一群马戏团的孩子一样，用乐器来变戏法。坦白说，有时候操作它们，多少也可以放一点真情的。不仔细听，很容易被感动，很容易觉得，那就是幸福，就是意境。在心里，我曾和它们合作无间、荣辱与共。本能的排斥和日常操习的亲切，扭曲地交缠在一起，合成为奇异的情感力量。在展演时总会有那么一瞬间，令人感觉耳朵里的一切都是真的，我们的音乐好像是真的，我们的成功也是真的。在乐团里，指挥老人叫我"单簧管"，其他人也叫我"单簧管"，好像我真的是"单簧管"。我当然知道我什么也不是，我只是电子琴上的一个按钮，就连音量都是机器调控的，我是总谱里的只言片语。以至于很多年后，我居然有欲望想要拥有一支真正的单簧管，又觉得尴尬，觉得自己配不上。即使没有人搞得明白到底是怎么回事，我还是害怕被人知道我并不会使用它。我是个冒牌的。哪怕也曾真心真意地用真实的青春实现过它的表象、它的功能、它的音乐能量的万千分之一。

好险！麦琪落选了那场诡异的选拔，没有留下如我一般的心灵阴影。她索性就放弃了继续学习钢琴。后来我们都快进入初中，听大人们说，还是学业比较重要。那时的我们，已经可以蹩脚地弹奏肖邦练习曲，譬如作品10号第3首，在交错的时空中抽象地"离别"着，在抒情的触键中一点一点远离真实的世界。而我们的琴艺，这一生恐怕也就到那里为止了,再也不会有新的进步,也不会有不满足。尽管我们才十几岁,我们的日常生活离音乐太远了,根本就用不上琴艺,无所谓够不够用。那之后,我还坚持了一小段"艺术"之路,直到母亲的兴奋劲彻底过了,她亲自劝我放弃。我就放弃了,二话不说。乐团表演的最后一段日子里,我很想念麦琪。我们是差不多的人。至少,她没有扮演过谁,她有自己的琴,自己的声音,她比我强。我有点羡慕她。

二

桃江路汾阳路路口的三角地,树立着普希金铜像。普希金也是外国人,是我们最熟悉的外国人之一。他的铜像做得非常高,印象里,他总是看着远方,我们被迫要抬头才能看他。听教琴的老师说,普希金写过一首诗,叫《假如生活欺骗了你》。假如时光可以倒流,也许我应该多看一眼麦琪七岁半那年仰望普希金时的眼神,顺便也看看自己的仰望。一直到十四岁,我一个人,也曾孤独地看来看去,抬头看他,风里雨里看他,雾里雪里看他。那时,我认识的字变多了,差一点就要听懂"我的名字对你有什么意义?它会死去,像大海拍击海堤,发出的忧郁的汩汩涛声,像密林中幽幽的夜声"。

远远传来的操演乐器的声音依然飘荡，我知道背后发出乐声的人总有变化的，变化成新的孩子，幸运的孩子。在那里，真正优秀的琴童会脱颖而出、走向世界，大部分人则泯然于众，不知道音乐注入命运中的是疫苗还是毒药。不变的是，在好多年的黄昏里，我都依稀看得到年幼的麦琪拖着父亲的手，走过普希金铜像时的背影。麦琪扎两条辫子，蓝色绒线衫左膀上还别着大队长标志，最欣欣向荣的美也不过如此。要永远如此该有多好。大队长像一个世俗世界的荣耀，而三角地，则是心灵世界的安宁。

我从来没当上过世俗世界的大队长。我一直是中队长，不知道为什么是，我也知道自己一定当不上大队长，不知道自己为什么会知道。我的班主任是一位格外严厉、性情古怪的女性。回想起来，她当年刚从师专毕业，非常年轻，也非常骄傲。她有独特的技能，就是模仿英文磁带里的英式发音。她经常在班上背诵我们听不懂的大段的电影片段，拿腔拿调。只有在那一刻，我有点仰慕她，因为我不知道她在说什么，其他同学也听不懂她在说什么。这令她看起来有点寂寞。因为英文发音对我们住在城市外围蛋白区的孩子们来说，没有什么大用。我们当然知道有外国，但我们这样的人对外国是没有梦的。"Now the weather report..."晨会课的时候，她会自动播送英文的天气预报。每天都会有微妙的差别，也有不变的，好像局部地区总是下雨。如果是现在的我，一定会怀疑她是不是有男朋友在国外，或者，喜欢的男明星也行，能使得她的爱好趋于合理。她脾气不好，会布置奇怪的作业，比如让我们每天在备忘本上写下七点钟国际新闻的标题三则，隔天她还要批改，为此抱怨我们把她累坏了。因为她，我不知道全球为什么要谴责《达马托法》，为什么联合国四十四个国家中有一些会拒绝签署《全面禁止核试验条约》，美联储主席为何说股价下跌并非坏事……但我还是记了下来。与此同时，我们班上有的同学想当公共汽车售票员，有的人想当宇航员，有的人想当百货公司营业员，有的人想当奥特曼，有的人想当个体户拥有大哥大，有的人想当萤火虫满天飞。范晓萱紧接着金铭出了一首好听的歌，叫《处处都有你》，令我想起了麦琪，"这世界处处有爱，但昨天却再也回不来"，真的是这样的。"昨天"是怎样也不鸟我们的东西，它会带着很多重要的东西再也回不来。

在麦琪路的附近，东平路9号附近有一爿制冰厂，卷帘铁门是黑色的，冰块也不怎么白，白天经常能看到工人用钩子拖着巨大的冰块在马路上街倚移动，周末也不休息。练琴的那些年，我一直不知道那些冰块是用来做什么的。直到父亲过世，大体放在伯伯家里，床板下面就放着这样米黄的冰块，盛在红色脚盆里，我才又想起了小时候乌鲁木齐路上雨天甜滋滋的气味,我和麦琪想象的晒干的蝌蚪,和大冰块摩擦上街倚时"噌噌噌"的声响。父亲得的是喉部肿瘤,医生说和他长期吸烟有关(他的确不喜欢做拉链,他只喜欢抽烟和我母亲)。病程发展得很快,我再见到他的时候,他已经说不出话,每秒钟都濒临窒息。他一直按病床的呼叫铃,要动手术。医生安慰他,今天是礼拜六,要礼拜一才能动手术。他就平静了下来。但他没有等来他的那个礼拜一。我并不算太难过。但他变凉之后,我焐热过一阵他的手。一小会儿而已。

父亲生病之前,我一年见一次他,他会炒一个年糕给我吃,问问我母亲怎么样。他不老,也没有真的老过。我只记得他的嗓子越来越嘶哑。他是不需要音乐的人,不可能唱歌的,他说话都不太像别人说话。他一说话,就会令我想起用皮鞋来拉琴的意大利小提琴家帕格尼尼。但这种联想让我感到不安,我自觉这种联想太陌生了,很可能是不应属于我、不应属于我们父女之间的联想。我早该提醒他去看医生的,但我不敢说,我们根本没什么话可说。在父亲的葬礼上,我还意外地见到了母亲的爱。她原来(显然)是爱父亲的,这和我想的不一样,真令我感到心酸。母亲没有哭得死去活来,相反像被这段变调给震住了。母亲说:"你爸爸小时候会躲在一楼半的夹层里等我放学。他一直这么弓着,后来人就长僵掉了，没有再长高了。我嫁给他的时候，别人都觉得他肯定很有钱，他怎么可能有钱，他就是个拉链厂的工人，还不是很会的。现在他死掉了，怎么比僵掉还要小这么一点？好好的一个人，怎么会病得剩那么小的呢？"旁边有人怪母亲不应该和父亲离婚，也有人说不是母亲的错。然后母亲就哭了，和揍我时的哭泣完全不一样，而是像小说里写的，"泪珠更似滚瓜一般滚了下来"。这种沉静的悲伤，让我觉得自己真的失去了父亲，父亲还带走了一部分真实的（眼泪可以像滚瓜一样的）母亲。我好像远不及母亲爱他。好在母亲也从未教育我例必要爱他。父亲在我的生命里，就像一个半音。一个好像离我很近，却总是悬挂的、总到不了主音的……一段坚硬的黑色的存在。童年时，我可以用到它，也可以不用。非要用到它的时候，它却喑哑着，隐喻般残损。现在，我是真的用不到它了。八度之间，我什么键都用不到了。

　　相比之下，我更喜欢麦琪的父亲。鲜少有父亲愿意陪伴孩子学习乐器。男人总是不够有耐心陪伴孩子，麦琪父亲显然是个例外，他混迹在各种玲玲、小萍、晓燕的妈妈中间，话不多，却也爱听女人讲话。他戴着一副看起来度数很深的蛤蟆镜，个子不高，毛发也不算茂盛，腔调很特别，后来我在电影中见过不少，也许象征着特定年代的时髦、与众不同。就好像，他会别出心裁地命名麦琪为"麦琪"，而不是

"玲玲""小萍""晓燕"。这很特别。我出生的时候，听说父亲还算高兴，他说既然生在春天，那就叫我"迎春"吧，我就叫"迎春"了。他从来没有陪同过我学习，不管是学习什么。如果名字是一个礼物，那在麦琪路附近学习钢琴的麦琪（或者会送出礼物的那个"麦琪"），以及像春花一样的我（或者像二木头一样的），似乎早已获得了神秘的、命定的祝福（都不算很妙）。

上大学那一年，我在校内网上找到了麦琪，很兴奋。我们立即交换了手机号码，开始恢复了联系。那时，手机短信一毛钱一条，我有时打"哈哈哈哈"多打了一个"哈"，就溢出了字数，变成两毛钱，但我不在乎，一毛钱不过是童年的麦琪路上的一张葱油饼的价格。麦琪真的考上了音乐学院，虽然学的是和技术无关的管理专业，我也为她高兴，她总比我洋气。而我，则完全放弃了音乐，兢兢业业做了不少"迎春"这名字的姑娘该做的事，读书、与人为善、孝顺母亲。我依然没有演奏级别的钢琴，更没有勇气看一眼琴行里的单簧管。但我是有过音乐生涯的，一段有始有终的音乐生涯，乍一眼完全看不出来的音乐生涯。念初二那年，我随电子琴交响乐团表演的最后两个作品，是《红旗颂》和《林海雪原》。那是我最后一次走上舞台，母亲给我照了相，照片里的我穿得也像支单簧管，黑色的裙子，银色的花边。这段梦幻的远古历史，在后来的网络世界上没有留下任何痕迹。当Yamaha MOXF8合成器就能扮演我们所有人的年代，电子琴交响乐团是极其荒谬的存在。尽管我从加入它的那天起，就知道它是暂时的，不成器的，还是觉得感伤。我们也曾光荣地被冠名于"贺绿汀"麾下，不知道"贺绿汀"铜像知道吗？麦琪知道我放不下，总是给我一些表演的票。托她的福，大学期间我听了不少音乐会。有一些大型演出，票很难买到，她在最后时刻，总能托人带我进场，找到空位坐下来，只是那些带我进场的人，看我的眼神都怪怪的。麦琪自己不来，她更想表现得像一个管理者，颐指气使，说"你看那些钢琴家都很帅，你喜欢谁，我都能帮你搞定，叫他们来演出"，尽管有些可疑，我还是宁愿为她骄傲。至少，在我最苦闷的时候，她陪我聊天，听我说说话。至少，我和音乐最近的联结是她。她有天说，麦琪这个名字不吉利，不如改名叫"春"，让我好好迎向她。我很喜欢她胡说八道，尽管我不会，我没有那种自信。麦琪比小时候泼辣，她的"大队长感"无时无刻不害怕令你错失。

有天我看到麦琪在校内网上晒出了她父亲年轻时弹吉他的照片，就问她父亲还好吗？我对麦琪父亲印象很好，所以当麦琪用MSN告诉我，她父亲出轨的时候，我惊呆了。麦琪说，有一天父亲突然宣布认了一个干女儿，非常聪明但身世坎坷，希望麦琪和母亲能接受她。麦琪母亲当然很愕然，麦琪反应快一些，她直接就对父亲说，如果你的钱多到花不完，完全可以给我……至于她看到父亲手机上显示一则暧昧的"爸爸你在吗？阿姨在家吗？我可以过来吗？"的短信时，直接就把手机放到了母亲的包里（这可真是麦琪会干的事）。麦琪说："为什么我爸是你爸，我妈是你阿姨？有意思吗？"我抱着息事宁人的心，依然强调一定是搞错了吧。谁知麦琪冷冷地丢给我一句话："你不也很喜欢我爸吗？从小就喜欢我爸爸吧。"令我无言以对。

麦琪家显然有过一场轩然大波，但细节我通通不知情，我也不敢问。麦琪借此名义，索性搬出了家。她离开家之后交的第一个男朋友是丹麦人，是来中国学习的交换生，很快就会离开中国，还说会邀请麦琪去丹麦玩。我提醒麦琪，这可是一段没有结果的爱情，麦琪说："也许他在骗我。被谁骗不是骗呀？比如假如生活欺骗了我……"每次她提到和小时候有关的事，总令我失语，我觉得有些意思不是那么用的，但她曲解得头头是道。麦琪喜欢和乐队的人玩在一起，几近走火入魔，不知道是不是和小时候学习音乐有关。她有时也会参加一些校园演出，担任伴奏，用的是电子琴。我对麦琪说，你为什么不继续弹钢琴呢？她很吃惊地问："我哪里有钢琴？学校琴房里都是约会的人好吗？"更令我惊讶。再后来，她认识了越来越多的外国人，多到我根本认不清楚。她和他们在一起亲密地合影，跑步，打卡，不知道是不是和小时候看到外国人跑步有关。隔一段时间，又换一拨人。以至于很多年后，当她轻描淡写说起，自己是怎么把B超单塞到那个法国人租屋门缝里，还复印了一张贴在他门上"福"字上的可怕经历时，我也毫不意外，因为那就是我害怕发生在她身上的事。她这些狠招不总奏效，因为生活坚硬得像花岗岩，一点不容人撒娇。法国人跑了，麦琪曾短暂做过母亲，又慢慢修复了精神。她在事后很久才告诉我，说的时候叼着烟，顺便问我："你知道干净的尿液淘宝上卖多少钱一瓶吗？"我想她一定经历过非常黑暗的日子，却没有邀请我。她把光给了我，可我不知道应该怎么做。

我们可能有过一场争吵，一场煞有其事的争吵。大致是因为我要离开上海了，我对她说："你能不能答应我好好找一个工作、好好找一个男朋友结婚？"她斩钉截铁地说："不能！我跟你可不一样。你能把电子琴当钢琴练得像真的一样，你还能觉得自己进的是交响乐团，我进不了，因为那就是个屁。你能觉得爸爸是好的，你能觉得你爸不是你妈害死的，你能骗自己我可不能。我就是想出国，我不能永远待在这个地方，我没你那么能骗自己……"这真令人伤心，可能不是真的，细想起来，真的很像是一个梦，一个很悲伤的梦。

我们赤身裸体,丢出的词语像腐蚀性强的酸雨一样鞭打对方,谁都没有落场势。最令我难过的是,她说:"你以为那些演出的票是怎么来的? 你想一想好吗? 你真的愿意想吗?"

在一个我不愿想起的、模糊的时间点上,麦琪仿佛是给我打过一个电话,号码是那么熟悉。她声音很轻,问我:"你最近好吗? 我反正就是那样的,你知道的。就是蛮好的……"我知道这很可疑,但我的软弱逼迫我没有多问一句什么。我只说:"你需要钱吗?"她说:"不用,我很有钱的。"我很想跟她道歉,但又怕她会骂我。我也不知道她为什么要骂我。我只能说:"我永远爱你。"她就挂了。

那几年,我北上读博,又悄无声息地回来,找了一份普通的教书工作,和麦琪几乎断了联系。我常感到寂寞,捧着泡面瓷缸叫一声"妈"字都能哭出声来,却不愿意真的和母亲同住。所以没有电话,就等于告别了吗? 告别的时候,我们还要唱《人在旅途》吗? 微信刚出现的时候,麦琪加我,我毫不犹豫地通过了。但我们依然久久没有话说。活跃在微信朋友圈的麦琪,明艳夺目,她好像艺人,一直在演出。又仿佛从来没有正经工作,她并不在舞台中央。她依然没有出国,也没有嫁给外国人。关于这一切,我连"赞"都很少寄出。我的生活乏善可陈,没有任何值得展示之处。我和麦琪之间已经没什么可以互惠,不忍再互惠。这样的友爱几近无利可图,反而令我对麦琪的想念显出一些本真的东西来。

她是什么时候知道我们不是一样的人的呢？她是什么时候知道我们那么不一样却还愿意帮助我的呢？

三

尽管梦想难以实现，日常又困顿难挨，网络生活依然给孤独的人带来了新的气象，实现了虚拟的欲望民主化。譬如萨宾·梅耶尔就让我看到了真正以"单簧管"为中心的表演画面，沁人心脾。原来"单簧管"是一种驾驭起来那么费力，却又听起来毫不费力的乐器，仿佛是一个人生隐喻。它最好的合作伙伴是弦乐，而不是淹没在几乎会被总谱遗忘的大乐团角落。我终于有勇气走入琴行，像看普希金一样看过几支布菲乌木，普通人可以买到的那种，那一年我已经三十三岁，导购很亲切地问我："您是给孩子买乐器吗？"

在我们的行业有一些学习的定律，首先是耗尽体能的边界，其次是在体能的界限之内，探索自我的边界。有些人奋发努力了一下，觉得再也不可能突破，就转而将希望寄托在下一代身上。有的人觉得自己还有希望，或没有下一代可以希望，就勉为其难地再坚持一阵。想象自己还有希望，是一种能力,也是我们童年荒谬训练所得到的福报。

  我最近一次看到麦琪的消息,是在朋友圈转发的新闻链接里。她为实施盗窃的外籍男友与警方发生冲突,上了热搜新闻。评论不堪入目,大多是针对女性的人身攻击。我花了很久才从观看视频的震惊中缓过神来,而后挨个举报没有给她照片打码的链接,这着实分了我的心。好在,我也没有其他更重要的事情要做。但忙到凌晨时,我还是忍不住哭了一小会儿。我已经不像少女时期那么软弱,又越来越熟稔于自我欺骗,但我实在还没有强大到假装什么事都没发生过。我犹豫要不要给她打电话时,发现自己已经很久都没有拨出过一个真正的电话了。我当然能背出她的号码,这在如今的年代,真是少见。视频里的她怎么有一点衰老了,和我一样,从法令纹的走势,到眼神的黯然,都能感受到岁月的强力,暗示着我们应该如数交出手中的希望来。她是因为音乐和他们走到一起,我是因为音乐和她建立起友谊。所以音乐是什么呢? ♦"我默默地,无望地爱着你,有时苦于羞怯,又为嫉妒暗伤,我爱得那么温存,那么专一;但愿别人爱你也是这样"。

  我有多久没见麦琪了,好像有很久,又好像她从来都没有离开过我的生活。好多次我路过汾阳路三角地,路过普希金,都会想到她。我想,如果我们没有学习音乐,一切是不是会不一样，人生会不会变得简单一点？好像这条路被人叫作"上海六十四条永不拓宽的街道之一"一样。即使是二十年后站在那里，我们也只能仰望它。我们的人生，是不是也应该永不拓宽呢？

三月的一个早晨，我收到了五个未接电话，真是罕见。接通时，听见电话那头是个广东人，用蹩脚的普通话问我认不认识麦琪。我问，她怎么了？他说，她在我们公司办理了网络贷款，紧急联络人填的是你，你知道这件事吗？我说我不知道。他说，没关系，你帮我们找找她吧。我才终于给麦琪拨了电话，她没接。第二天，我又收到了五个电话，说的是一样的话，所以，我又给麦琪打了电话。五天后，麦琪用语音回复我说："对不起，我只背得出你的电话了。我要出国了，是真的，我要结婚了。对了，你还记得那首歌吗？《人在旅途》……"我瞬间把微信掐断了。

字
字
双

一

在英国拿到博士学位之后,安栗顺利回家工作,赶上了海归博士还吃香的年头,在高校开始了安静艰苦的"tenure-track"之旅。从外表看来,她好像就没出过国,或者,只是去了外地几年,那几年还不如留在上海赚钱,或嫁人,那样的话,现在孩子都能很大了。去英国读书这件事,在安栗身上并没有留下什么实际的光环,她既没有拿到身份,没有留在海外高就,也没有发财。好处是,也没人非找她代购。家族里的男性亲戚们从不会跟她谈论脱欧、足球、梅根和哈利王子的移民趣闻,或者哭着下台的梅姨,他们只会有意无意嘲讽她:"我们听人家说只要不在牛津剑桥的中国留学生,一般就说自己在英国读书,不然他们就会说,我在牛津或者剑桥读书哈哈哈。"舅舅们说这话的时候,仿佛跟安栗没多大关系,也不为了专门嘲讽她。他们就是要说一说,不说憋着就难受。他们既不知道安栗在做什么,也不真的想知道。她,就是一个女孩子,家里的一个女孩子,还是一个书呆子,静静地冒着傻气。平日里,安栗吃的、穿的、用的,都和四五年前没多大变化。上海房价的变化,远超过她的变化。就连母亲,在凝视她半晌之后,最多说一句:"你也有点见老哦,不过不仔细看也看不出。因为你老得也不算难看,像我。"

在现实世界,没有人知道,两年前她在莱比锡大学举办的研讨会上遇到了伯乐。那位英国业界大牛看了她的研究很感兴趣,他特别喜欢中国,觉得中国人奇异,奇异又压抑。他手上刚好有一组书在编,要编很久。那个书系,后来收入了安栗的博士论文。书的封面做得漂亮,用了一张老人与天使的照片。这简直不可思议,极少有年轻学者有这样的待遇,这为安栗后来的求职营造了光环,她确实有所获得,从社交中,从研究方向里,甚至是从"亚洲"的符号里。同侪们并不那么看,他们觉得那些虽然都是她的好运,但安栗身为年轻女性的原罪也不遑多让,对猎取好运是有极大助益的。于是逐渐有传说,说安栗是研讨会花蝴蝶,人虽其貌不扬却很会跟大佬联络。也有人说,安栗英文并不好,却有人免费为她润稿,这是为什么呢?怎么会有这等好事呢?谁知道呢?还有人索性说:"她啊,早就被殖民了。"圈子很小,说这些话的人,安栗都认识,有的人一起吃过饭,有的人她陪游去参观过牛津剑桥,有的还跟她请教过投稿的问题。开始时,听到这些话,安栗是会难过的。时间久了,就习惯了。她觉得别人眼中的自己,好像要比真实的自己强大得多。尽管他们的表述,是在揶揄她"其实也没那么强"。她对自己说,同行和同性的敌意都是勋章,就好像电动游戏里的自己一样强悍、自信、藐视天地。

更多的批评来自豆瓣网,来自全球不到百人的阅读量中,她并不认识的同行。那些触目惊心的差评,就好像是命运的十字架,提醒她"好运"的背后标定着连环债务,还也还不清的。她唯有更努力,才能挽回一点点颜面。例如,每一年的发表、引用,同行只言片语的评价,研讨会的邀请。但无论如何,那些价值的总和依然超不过那本书。所以,令人悲伤的是,即使安栗一直在努力摆脱那本书,她的内心又是极需要那本书的。是那本书改变了她的命运,让她被人看到,被人批评,让她有了今时今日的生活。和她枯燥的日常生活相比,那本书是她人生的高光时刻,第一次也是唯一一次,是她的理想自我。

同侪和后辈们以看似客观的态度评论道:"这本书的绝大部分内容在中国都是没有现实意义的(如果用中文写一遍,根本无法出版)""如果论文可以这么写,去英国读个博士也不错""她为什么不发在公众号上？那样更适合她呀"。安栗每天早晨刷一遍豆瓣，有时也能刷出一两个好心人对空言说："去除猎奇的问题，田野还是做得不错的""可惜即使不是老人与残疾人，生活问题也是很复杂的啊"，以至于他们给的"三星"打分，都能显出温存的人情味来。这让安栗后来在看待别人的著作时，多了一些慈悲和体谅。事非经过不知难。有的人明明也被难倒过，却硬装作没有，她不想成为那样的人。如今，安栗手中拿到同行评议的论文，即使再糟，她都心存善念、手下留情。原因就是她每天都在豆瓣刷新评论，是那些评论照亮了她的软弱和不自信，成了她的心病，她是在意它们的。尽管她问心无愧，她说服自己只是好运。她负隅顽抗（其实并没有几则）舆论，也负隅顽抗"好运"连带的污名。

这些事，安栗的家人并不知情。他们仿佛生活在另一个次元。也挺热闹的，挺激烈的。女孩子有了稳定的工作，周围人便只关心她有没有结婚。这听起来是中学生必读世界名著中的一句话，其实不尽然，周围人还会关心她每个月赚多少钱，有没有房子和车，一年出国旅行几次，家里有没有戴森。如果她嫁给了爱情，那周围人会发自内心地感到惋惜，静候着好景不长，爱是最靠不住的，图别人对你好，最贪婪。如果她嫁给了金钱，他们又会觉得她本来就不配拥有爱情，应该知足常乐地走向死亡。至于她的工作，那几乎是没什么要紧的。能有个工作就不错了。她的工作被人挑剔，那一定是她不够聪明。而且她还需要工作，这本来就低人一等了。所以相比现实世界，安栗更喜欢豆瓣上的世界。那里也很势利，观点矛盾，刻薄尖酸，但到底清明一些。家人嘛，永远属于现实世界。好在母亲不这么看，她会跟周围人说："我的女儿用英文写了一本书。她的同学都没有这样的机会。"尽管母亲连她的书名都说不清楚，只知道说老人天使，仿佛是一幅世界名画的名字。

　　说母亲完全弄不清楚，她有时又知道一些的。她会跟安栗说："你是研究我们老人的，你要多跟我们老人在一起说说话，不要老是一个人闷头写写写。"又或者："你一个女孩子，为什么脑子里都是些乌七八糟不上台面的事情，像个男孩子，为什么人家谁谁谁，学的就是莎士比亚。"母亲在拼多多买了八块钱两大捆芭蕉，吃得安栗夜里胃酸倒流，她把着马桶吐了一会儿，想到母亲还说过"妈妈用手机里的拼多多买芭蕉，你可以写成英文的论文哇？"又觉得挺心酸，她没真心嫌弃她，她也想帮她的。所以安栗说："可以的。谢谢妈妈。"好像是完成了一个爱来爱去的动作。母亲从来没有认真问过她为什么会有这么一本用英文写的书，写的到底是什么；写的时候她去过哪里，跟哪些人在一起；是谁帮助了她，会不会有人骂她，他们骂得对不对呢？母亲就像是站在另一个世界里，跟女儿挥着手，每每看她一眼，她就跟你挥一挥手。但是心里的话，安栗永远都说不出来，母亲也听不到的。

安栗总不见得一本正经地去问母亲："妈，你的欲望对你的人生还有推动作用吗？"好像她田野调查时去问别的老人一样。

二

"嫁出去的女儿，就是泼出去的水。"长大以后，安栗在认识的人嘴里听到这样远古的中国话，还是在拆迁组抵达的爷爷家现场。派出所拉开的警戒线似乎意味着事情并不简单。安栗在脑海中反复琢磨这句中国古话在英语里应该怎么说，可能是"A married daughter doesn't belong to her parents any more"。大概是这个意思，可不知为何，用英文说上一遍，就显不出那种中国脸盆里的水的凉意了。如果不是高度紧张硬生生唤起记忆，安栗都快忘记母亲的户口还在爷爷家里，爷爷反而住在养老院里，她好久没有看到他了，她一直在看别的老人，也不知道是为什么。警戒线外看热闹的邻居们，安栗都不太熟悉。喊出这话的人,可能把她们错认作来分房子的女儿了。想要息事宁人,最方便的就是搬出祖宗的训导。可惜没用好,反而把娘娘们都排挤出去了。

父亲工伤过世以后,母亲的户口就变成了一个隐患,又或者是赌注,埋藏在安栗与父亲家族的关系中,令他们日益疏远。爷爷家的亲戚,难免当她们母女是外人了,还是敌人,尤其是在拆迁这样的大事里。隐隐的张力居然淡化了母亲的悲伤,但她从没有忘记任何一个节日,祈求父亲在天之灵保佑她们能拿下这场战役。总之,这一天迟早要来,与之相关的每个人都时刻准备着,反而显得很从容。与其外围相关的每个人,也都觉得这场硬仗自己可以出上一点力,兴奋得很。匪夷所思的是,在爷爷家,安栗看到了所有的舅舅们。就是那些从不与她谈论脱欧、梅根和哈利王子、梅姨的老头子们,他们居然齐刷刷躺在警戒线里的水门汀上,年纪加起来超过了三百岁。安栗母亲也在地上躺着,像另一摊水,泼向这家的水。安栗从来没有见过这样的场景,这真令人吃惊。躺在地上的母亲对安栗使了个眼色,手机却一直对着片警拍视频。

片警态度很好,其实他们什么也没干,就只是站着。有位警察主动靠近过来,问安栗:"你是这家的女儿吧?"并用手指向地面。"你爸爸不在了吧。和妈妈过得还好吗?他们这样都是为了你吧,你看你开心哇,那么多人为了你躺在地上……"安栗听了心里有些酸楚。"你和他们气质倒是不太一样的哦。"他又继续叨叨。这位警察虽然年轻,倒是颇懂人情世故,先发制人。安栗要怎么开口解释呢,她有什么好开心的。就算有,那也不是一种字面意义上的"开心"。心里的酸楚也很微弱,不足以撼动被荒诞揭开的生活场景。她连说一说"你们也可以不要这样"的勇气都没有的,说了也不会有人听的。她就问了问地上的母亲:"你冷吗?"母亲说:"不冷。"她就没话说了。虽然没话说,安栗却发自内心地感到了某种兴奋,感到了爱,奇奇怪怪的爱意,产生了奇奇怪怪的画面。大地上的他们太团结了,团结到根本不需要她,携手把她推出了画框。但画里的意境是她,主旨也是她,她来自他们,来自他们的团结、无赖和诙谐。真的要在桌上坐在一起其乐融融吃饭,他们又是谈不到一起的家人,没她说话空间的一家人,很奇妙的。

　　安栗想到小时候,家里房子还很小的时候,自己与母亲、父亲也是这样躺在地上的。他们一家,跷着脚看电视里抗洪救灾的晚会,团结的力量让人相信什么事情都可以战胜,但表面上,他们就只是跷着脚躺在地上,心里波涛汹涌,热泪盈眶。电视画面里的脸盆里,总会漂过被解放军救起的中国婴儿,场景很像是《西游记》里的水难,那个孩子聪慧异常,从小就要去做和尚,名叫江流儿……家里地上的脸盆呢,则装着一只有很多很多籽的西瓜,像甜蜜生活的瑕疵,怎么也挑不干净。挑干净了,西瓜瓤也就千疮百孔了。电风扇在一旁呼呼旋转,人还是被热成了坍塌的雪糕。父亲走了好多年了,安栗就连他的脸都快想不起来了。但是如果父亲还在,他们就不需要做这些戏剧化的事了,他们就可以体面一点地在饭桌上做亲戚。她就还可以是父亲家的女儿,不单是母亲家的女儿。安栗心想,要是没什么事他们一家也能这么躺着就好了。父亲如果还在世的话,不知道他会选择和她一起站着,还是和他们一起躺着。而她,一个出过英文专著的青年学者,在这样的场景里,究竟是应该站着,还是进去警戒线里躺着?她的职业伦理也没有教她这些。如果受访对象采取了激烈的、突发的群体行动,她应该参与,还是永远保持远观?

这只是个开始。

母亲的微信里说得非常平淡:"你下班来爷爷家,他们要开始搞了。"安栗最终决定做的,就是给这家人拍了个照,母亲也拍了拍她。安栗突然觉得自己也应该躺下来的,但不知为何,有种强大力量将她与他们隔离了开来,她好像又回到了某个田野现场,和一群有欲望的老人们在一起工作。她的任务,只是记录他们的欲望,修改他们的欲望,并拍一张普利策奖风格的黑白照片发表出来。这张照片会出现在国际研讨会上，出现在她上课的PPT里。她不知道自己是消费了他们，还是在帮助他们。她将终生被这样的问题拷问。

隔几日，按照正常流程，拆迁组给爷爷家停了水停了电。其他亲属都签了字，母亲在哥哥们的帮助下，坚决不签字，坚决要房子。舅舅们还替钉子户的房子里，主动接上了水电。为了不留下话柄，大舅舅去虬江路买了电表水表，也给好好地安上了，提醒母亲不要忘记去支付水电费。要是玻璃碎了，舅舅们能配玻璃。要是床塌了，舅舅们还当过木匠，可以做出一张床来睡。要是有人推推搡搡，小舅舅还有一张不知道哪里搞来的残疾证，作为道德施压的法器……安栗想，如果外公在天之灵能看到这一切，他一定会感到很欣慰。他们这一家人是多么团结啊，仅仅是为了泼出去的水，都能如此同心协力，互助发电，为财产而战斗。

二人派出所的时候，母亲让安栗去警察那里核对笔录，还是那位警察。安栗挑出了几个错字，播放了手机视频，提示他们虽然发生了激烈的口角，但是并没有"推搡"，谈判也在进展中。民警修改了笔录。他总是瞄她，像一个熟人似的。

"那个，我查了你的论文，"民警说，"你去过台湾哦？"

安栗说："我去做田野调查。"

民警说："我觉得你的研究很有意义，手天使我还是第一次听说。"

安栗说:"欧洲和日本也有义工组织,叫白手套。"

民警说:"台湾他们有多少人?"

安栗说:"几年前也就几十个人。在国外,这些职业是合法的。"

民警说:"其实我们社区也有很多残疾人。"

安栗手心开始冒汗了。她理应对这些问题不再感到紧张了。她甚至对着镜子训练过自己的表情管理,为自己的研究方向据理力争,显出专业性来。但她却不敢看民警的眼睛。

民警继续说道:"可惜我们还没有那么先进哦,没有考虑到那么全面。对了,我还去豆瓣看了你的书,你会出中文版吗?"

这下安栗吓出一身冷汗,借口有事,签了字就跑出了派出所。她的母亲和舅舅们还在后面聊着天。他们好像在说,等拿到了房子,要做什么,什么,和什么……他们仿佛在齐心协力地爱着她,隔着十分遥远的距离。

"你一个大学老师,以后在派出所不要瞎跑,要镇定。"七十多岁的大舅舅后来对安栗说,"你又没做什么见不得人的事……见不得人的事我们去帮你做了,你妈说了,你是读书人,我们不会要你干吗的。你跑什么呀,年纪那么大了看到警察还怕,还脸红……"

三

在《阿甘正传》里,安栗第一次看到残疾人嫖娼。在《亲密治疗》里,安栗第一次知道国际代理治病师。在宜家的咖啡吧里,安栗又看到了许许多多叔叔阿姨们在关关雎鸠、蒹葭苍苍。那好像并不是一个灾难场景,相反带着某种抵抗的生机,反抗着老龄化社会所谓"手机难民"的刻板印象。和躺在地上的舅舅们、母亲一样,他们好像和我们生活在同一个复杂的生活世界,共享着一些似有若无的价值。也许他们的世界更加井井有条一些,更加有水有电,有理有据,有股票房子,有爱戴祖父的精神,也有保护妹妹的文化。然而,人的欲望是从未被讨论到的。安栗的欲望,母亲的欲望,舅舅们的欲望,很难在一个没有框架、没有理论、没有猎奇和特殊性的前提下被普通人关注到。在中国,在英国,都是一样的。没有人真的关注大地上的他们,他们也不关注安栗这样的人的内心。他们为她争取的一切,都是保卫她的外观。她其实也在为他们争取些什么、纪念些什么的。有时安栗觉得自己的生活是极其怪异的、断裂的。她对于身边的人没有具体的交流与深刻的共情,反而对于不认识的人,带有蓬勃的热心。她毕恭毕敬地走入他们的内心深处,毕恭毕敬地将之当作安身立命的责任和义务。哪怕那些事情是那么幽微、隐私、禁忌。

有个受访者说,只有看到志愿者的那一刻,他才觉得自己是个人。有个志愿者说,看到申请人,她才意识到有些事一个人的确做不了。大自然使人成双成对,不是让人谈恋爱玩的,而是让人互相安慰面对困难的生活的。即使是父亲过世的时候,所有的舅舅们都提醒她们母女以后要开始被男方家欺负了,安栗也没有感到过真正的恐惧。墓地和产房的画面,都不足以让她感到过恐惧。而当安栗看到英国政府会发一笔钱给残障人士,让他们可以到性工作的场所寻找性工作者时,当安栗访问到有一位四十岁的残障女士提出申请却不知道自己的阴道在哪里时,她却有了一刹那悚然的震撼。是那难忘的恐惧点燃了安栗内心的羞耻,使她开始走入这项研究,使她获得了一些晋升机会,彻底改变了职业生涯,仿佛一种命定。陷入越深,她越感到愧疚,总觉得自己有责任做点什么,又觉得自己承担不了那么大的责任。

那她知道爱在哪里吗?三十多岁了,谁知道爱在哪里呢?即使是健全的人,爱是不是也存在于我们尚未发现的地方?它一直生长在我们的身体上,可是通过个人,我们是看

字字双

不到、体会不到的呢？有没有这样的政府，给残障人士一笔金钱，让他们去找一找看爱在哪里？又或者有没有这样的人，实在是找不到爱了，他将一生只有三次机会提出公共性的爱的互助服务；排队长达两年以上，历经复杂的个人考评，才能等到这一社会福利，等到有一个专业的志愿者，愿意来和自己聊一聊爱长在哪里？而后，那个欣慰的人将写下看似很普通很普通的好句子："今天，我终于来到了这个房间，这个房间好美。"

"今天，我终于来到了这个房间，这个房间好美。"也是母亲（和父亲、舅舅们）为她奋斗争取的一种未来，物质的未来。细想起来，这个"房间"一样又不太一样的。怎么会那么不一样呢？这是一个洋葱一样一层层的爱的世界，每剥开一层，都仿佛是新一轮的刺激，新一轮的浸染，新一轮的让人泪眼模糊，难以睁开眼。

"你有那么多英文书，总是需要有一间房子放一放的。妈妈还没有要死，我也没地方给你放啊。如果你有一个房子，就好多了。"母亲对安栗说，"你以为会有一个男人娶你，还娶你这些书回去吗？你知道上海的房子一平方米多少钱吗？你这些书放在家里，每一本都要加三百块房钱。以后就算有个人喜欢你这个人，也不会把这些东西搬走的。你要让我和这些纸在一起养老吗？你知道我们隔壁邻居顾阿姨说啥吗，她说给她两万,你这些书她也不要收在家里。她觉得你是一个书呆子。"

"她给我两个亿,我也不愿意给她一本书。"安栗没好气地说道。她居然有点生气,为了这么荒谬的事,为了顾阿姨随便说说的话。母亲这就乐了,说:"你这些英国书里都写的啥?你说给我听听呢?人家女孩子去英国读书,都带回来一些好看的照片,带回来一个外国男朋友。你一张照片也没有,就带回来一堆纸。你说说纸上写了些什么?"

安栗语塞,那些纸上的东西,她怎么好意思说得出口,书里面也没什么阳春白雪,一点也没有。无非是老人、儿童、移民、劳工、婚外恋、QQ空间、杀马特、弹幕、快手、抖音、微电影、绿茶婊、屌丝、人造人,还有母亲熟练使用的拼多多。这些研究论文,用英文写一遍,好像会比中文高级很多。而我们的日常生活,真正的日常生活,却又是写不进去的。这些生活被挑选过、布置过,用另一种语言爬梳一遍,就仿佛配上了外衣,但也损失了筋肉,变成了一种异化的纸面生活,研究里的生活,研究者眼里的他人生活,确凿却失真。这些被母亲形容为没有人会娶回去的东西,的确是没太大意义,好像是别人生活里的烟云,时代的烟云,转瞬即逝。唯有欲望,欲望是永恒的。欲望是令人燃烧,又令人泄气的。令人看到自己、他人,也令人迷惑。

她的欲望是什么呢？

被抚摸有那么重要吗？

在写论文时，安栗只能认为那是非常重要、非常重要的一种人的权利。在不写论文时，她又会觉得这是一个根本无法讨论的问题。它是那么偶然，那么随机，有时有、有时很久都没有的一种……权利。像爱一样，都是瞬间涌起的短暂的甜，以浩瀚无垠的苦衬托起来的东西。

四

春和景明。

那一天"春和景明"，倒好像是母亲亲自挑选的一个好日子。母亲坐在安栗的书桌边，问她要吃三种甜点（其实就是青团、松糕和栗子饼）里的哪一个。她静静地看着她喝水，又看着她吃了一口栗子饼，帮她擦掉了书桌上的饼屑。然后母亲突然问安栗："你有男朋友了吗？"安栗望着她，一头雾水。

母亲又说："其实如果是女朋友的话，妈妈也是可以听得进去的。妈妈一直上网的，老人上网，你懂的，是你研究的吧。虽然……最好是不要哦。"

"我没有。"安栗答。

"你上次在网上跟人说,有些事不是一个人可以做完的。是不是真的? 你看我就是哥哥们帮忙,才能争取到属于自己的利益。不过你这个观点,我是同意的。你想啊,你也没有几个观点我是听得懂的。"

"残疾人他没法自慰。我说的是这个。"安栗心想,却不敢直接回答。

"你爸爸在天上保佑你,你看你叔叔伯伯都让步了,这样的话,你以后不结婚,我也放心了。你七月半要去庙里给爸爸烧烧香。我这次就不去了。也有些事你总要一个人去做的。"

安栗想了想问:"是你有男朋友了吧?"

母亲就笑了。

"舅舅们觉得怎么样?"安栗问。

"关他们什么事啦?"

"那就是不太满意咯。"安栗说。

"是我想住到崇明去。那边空气很好的。还有鸟。"

安栗注意到母亲有些紧张,从茶杯边缘偷看她,好像她才是母亲。她冷不防想到那天躺在地上拍片警的母亲,怕是那个时候就有了一点可爱的变化,只是清晰程度还难以辨识。她想到母亲,又想到那位不知道自己的阴道在哪里的可怜的女性,心里略有一丝复杂的滋味,觉得人和人真是大不同。母亲也很苦,但还是赢过很多人。

那位男士究竟是一个怎样的人呢?

"你们会结婚吗?"安栗问。

"我们没有要结婚,就是聊得来,说说话的。他也有女儿的,也是一个读书人,跟你很像的。"

"她也见老了吗?"安栗吐槽道。母亲倒是没有听很明白。

"我和你爸爸,工厂里介绍认识,天天上班,都没时间说话,总觉得以后还有时间还有时间,结果你也不爱说话,你爸爸又这样……不过他这一世算是一个很好的爸爸。他一直跟我说,他没有读过书,希望你多读一点书。你那本老人天使有没有烧给他啊?"

"最好不要啊。"安栗说,"我以后写得好一点再烧给他啦。"

"我觉得你烧给他也没有关系的,他也看不懂英文,但是他会开心的。他就想看到你这样。不想你再过苦生活。你不要觉得舅舅们也没读过书,他们对我们还是有照顾。警察都这么说,说我们一家人感情好。"

"我支持你啊,舅舅他们不支持你,我支持你去看鸟。以后拍给我看看啊,那个鸟。"安栗说。

"你真的是老人天使。"母亲看来很高兴,"说到拍,你知不知道我拍到什么? 本来用来谈判,后来也没有用上。我发给你啊。"

母亲搬到崇明之后，安栗的生活清静了许多，好像回到了博士时代，回到了英国。今日重复明日，明年重复今年。她不用再清洗舅舅们的茶杯，不用再叫一个家族的外卖。细想起来，回国以后的日子，都仿佛是那一场大战的准备。仗打完了，大家也就散了。真像一场梦。

母亲每天都会发一个视频给安栗，果然有鸟群，有滩涂，有日落。重要的是，有她心里的生活，有看着她建设心里生活的人。虽然他从来没露面。母亲居然给那边家里的水龙头水管都织了毛线套子，她显然是喜欢那里的。她做了一些原来不会做的事情。认识母亲三十多年，安栗有时觉得对她的了解终于到了30%的程度。

一年后，安栗通过了"tenure-track"，拿到了稳定的教职。那仿佛是一个生存仪式，而非普通的考试。有一天，当她再刷豆瓣，看到了一则评论，评论人的头像是一个警长猫。评论说："见过作者，人很仔细，能感觉到作者对老人们的温柔。在法律的边界之内，是一个很好的社会话题。我家里有小儿麻痹症的亲属，一辈子没有站起来，从来就没有人关心他的生活问题。有些事不是一个人可以做完的。期待作者新书。"

这个人，安栗好像记得，又好像忘记了很久。

他是唯一一个给这本书打五星的人。

安栗突然想起，母亲说起过的那个视频。一直没有看，就忘记了。她从手机里找出来播放了一下,发现母亲用镜头的死亡视角,拍摄了一位警察。安栗一出现,他就一直在看她。被警察盯着可不是什么好事,更何况,那位警察还被母亲盯着。那一天,父亲在天之灵,在帮助他们争取权益。外公在天之灵,在观摩家庭子女团结协力。那可真是一个底层生活纪录片般的现场啊,一个田野的现场。虽然有奇奇怪怪的爱在大地上凝聚,也有奇奇怪怪的观看。早知道,她就躺进去了,好像也没什么了不起。躺进去了,母亲就拍不到她了。安栗这样想,简直不像是一个中年人。

还有舅舅后来说:"你一个大学老师,以后在派出所不要瞎跑,要镇定……年纪那么大了看到警察还怕,还脸红……"谜一样的生活啊,真是笑死人。

寄生草

……何处有门扉／宿鸟一声比一声急促／遥遥的长路／变短路……

—— 乔林《流浪》

一

"苏迪勒"台风来袭的前一日,茱帕送乔比走入出境通道,他终于要离开这里。时光的流逝在此刻显得格外残忍,全然无视有情人的心愿。但四目相接后,他们既没有亲吻,也没有拥抱。道别时,茱帕只是轻轻拍了拍乔比的肩,像个朋友一样勉力地微笑,心里难过极了。

"小心喔。"

茱帕口中努力挤出三个字来。乔比像一个困在时差中的爱人,令她难禁眺望,又难免失望。好在,外面的天气太热了,外部世界四溢蒸腾的失意令一切看起来像是天意弄人,而非人为的过失。对两个成年人而言,道别难挨又漫长本该视之寻常,命运的走向毫无迹象可循,也不是什么引人关注的独家新闻。

清晨,当茱帕赶到乔比的住处时,见他已大致收拾完毕,心下略有一些失落。她原来想帮帮他,动手清扫或是整理房间,但乔比似乎并不需要她做什么。他一如既往那样,冷静得像刻板的生辰命盘,只有一些稀少的瞬间,乔比会展现出一种带着故乡情味的关怀。不知为何,这些日子以来,茱帕总想帮乔比做点事,一些能让他记得她的事。只可惜就连这点希望都落空了,往后恐怕也不再有机会。

乔比的脸上看不到太多惜别的情绪,他大刀阔斧地提起两个行李袋,试试重量,就像每一个将要归家的旅人一样,甚至没有掩饰住兴奋的神色。他用力地将拉链哗啦啦地扯来扯去,又将单反相机塞在了随身携带的书包里。那张记忆卡存储了大量他们两人的回忆,若重复提取,也许还能看到一些机密。但茱帕没有问他要,她不知道自己能不能收藏好,更害怕看了以后会难过。直到乔比最后说,他很喜欢台北。像客气话,但茱帕觉得很欣慰。这种欣慰其实毫无来由,茱帕并不是台北人。她不是在当地的语境适应得很好的人,会对诸如"这种房间住久了,小心交到恐怖情人"的网络小窗有兴趣的人,她更愿意点开微博弹窗"台湾傻事"之类更为世俗人间的逸闻。

在最后一次检查有没有遗留的东西以后,乔比将一双黑色运动鞋丢在了蓝色的台北市分类垃圾袋中,面对凝望他的茱帕,脸上稍微有一些歉然。他主动解释说:"这个大概真的带不走了,反正这双最便宜,所以就不要了吧。"这样的小事,一点不沾染遗弃的意味,其实茱帕并没有觉得有什么不妥,但她看了看乔比脚上穿的,简直和丢掉的那双没有任何区别。她不知道在这个过程中,是哪一部分动作令她感到不忍,也许是因为还挺好的东西就这么丢弃了,像他们的感情。她想说,"我也可以帮你带回上海,再寄回北京的",但犹豫了半晌,还是收回了这个不安全的提议。

还会再见面吗?

这少女时期的冲动和语塞,对茱帕而言已经十分久违。如今的她已然是一个忧心忡忡的年轻妇人,对安稳的家庭生活充满依恋又偶尔想要挣脱。他们两人差不多大,但乔比令她看到了更年轻时候的自己,也许他们相遇得再早一些,会是完全不同的命运,可以尽情地相爱相憎,而不是像现在这样心平气和。

离别因为日常的细节过于真切而稀释了感伤。在乔比家浪掷的最后一小时里,他们两人只是面对面喝着冰水,尴尬地笑笑,头上不停地冒汗,什么都没有做。八月的台北太热了。茱帕总担心自己会因为流汗而变得不雅观,可越担心手心里攒着的纸巾就越厚。乔比象征性地用扫把打扫了租屋,若不是地上留有大量茱帕的头发,简直看不出两人曾有过任何瓜葛。这下轮到茱帕感觉歉然,但乔比只说:"这样房东应该会疯掉。那我还是稍微打扫一下,以免他们对大陆人印象变更差了,哈哈哈!"

他说起"我们",茱帕于是也笑了。这些细微的部分令茱帕感受到了珍爱的温馨。乔比看看窗外,天色晴朗、万里无云,于是自言自语:"希望不要赶上台风天。看着挺风和日丽的,像 APEC 蓝吗?"茱帕安慰他说:"是乔比蓝。"像与自己道别。

乔比像许多机场里的旅人一般,背着黑色旅行袋,一点一点消失在出境通道的尽头,他没有回头。一直到飞机起飞,他都没有传来任何音讯。茱帕一个人在机场出发层的休息厅坐了一小会儿,鼻尖掠过身后咖啡厅传来的馥郁香气。她心下茫然,来往行人制造的种种声响都听来格外清厉。这些声响在她的耳畔呼啸而过,连同一间又一间门庭若市的伴手礼名品店,是她此刻心情唯一的见证者,但它们却事不关己、毫不留心,静静伫立在原地,望见她像望见一个普通的观光客,假意热烈地微笑着。茱帕于是从包里拿出相机,最后给眼前的景象拍了一张照，却不知道能上传到哪儿，因为在"哪儿"她都不算有真正的朋友。恍然间，她又起身去了一次洗手间，在洗手台边，她甚至不太敢抬头看清自己湿漉漉又模糊的脸。

这是荣帕第一次来桃园机场送人。即使这些年，她出入这座小小的机场太多次，多到她几乎快要忘记了，除了被护送、被迎接，这世上还有一种叫作"在机场送完人并未立即返程"的生活感知。要是她能早一点体会这些，不知又会有怎样的变迁。而如今她确切地知道了、获得了新的生命知觉，仍然不足以撼动任何告别的宿命。分离如此惊心，现下具体如冬寒般的空茫之感，并未因为飞行通勤的普遍而减少万千分之一。人来人往之际，荣帕所面对的心情，依然像少年时刚看完早场电影出来，还有静荡荡的一整天横陈眼前。候机厅过强的冷气吹得荣帕通体乏力，更确切说是淋漓的失意。即使是一时兴起、誓要发愤起来改变些什么、挽回些什么，耳畔却只有车声轰鸣。孤独是难以卸尽的浓妆。

荣帕心里当然知道，对她而言，有些事至此开始起变化。诚实的人都看不清回去的路，唯有难耐孤独的人时刻准备着动身。今日她与乔比淡然的告别，即是与一部分活生生的自己叛别，再回到原来的生活轨道，从心灵层面而言是一件严酷的事。但这可能是最好的结果。然而荣帕仍然心有不甘。

直到离开桃园机场大厅的刹那,热岛熟悉的热浪扑面袭来,茱帕这才终于将眼前的一切情境看得真切了一些。

据说,从桃园机场到台北市的捷运,五十一公里的路程盖了快二十年。青春都要等散场,像一个巨大的隐喻。然而台湾总是这样。过于缓慢的节奏令一切看来都充满苦衷、扑朔迷离。回程的旅途,茱帕轻装排队,第一个登上了长荣的客运大巴。她不须寄存任何东西在车腹,手里捏着汗涔涔的半张小票,递给了司机。在茱帕和乔比同在一座城市的最后几分钟里,追忆是她唯一能够随身携带的行李。遗憾的是,漫长的人生尚未落幕,凡事都显得那么虎头蛇尾,令人心焦。在茱帕的身体里,依然留有乔比前一日湿润的体温。茱帕在游览车上过强的冷气中,静静眺望着远处的塔台,它正飒然迎风,桀骜得很。近处相隔均匀的路障号志一整列排开,如军队一般肃穆,同样磊落得摄人心魄,叫人无地自容。乔比很快就会在塔台的引领之下进入天空,一去不返。他们之间简短的往事一幕幕,也会骤然被一阵白色的喷气烟雾化为灰烬。

只是不知此刻正在远离的乔比在想些什么,又在做些什么。他还会想念台北吗,还是仅仅充当了一回不速之客。也许在未来很长一段时间里,茱帕都会耽溺在这个问题的自问自答中,在不实与幻觉之间进退两难,久久难以平息心绪。

客运颠簸得令茱帕实在有些鼻酸。

这段日子，听说因为大规模检修，桃园机场只剩下一根跑道。它独自承载着全台每日六百多架次飞机的起降作业，压力重大，人们的道别因此显得格外壅塞。仿佛没有谁的离散比谁更特别，亦没有谁的团圆比谁更摧心。同一日，一年前失事的马航370客机在法属留尼汪岛被找到一片机翼残骸，全世界人们翘首以盼的灾难元凶再一次露出了峥嵘的体段。在深海穷尽处仿佛隐藏着呼之欲出的大因果，载浮载沉三百多人一生一世中的密码与咒语，尤其是惊现于印度洋法属留尼汪岛的中国"农夫山泉"矿泉水瓶，像幽魂附体于平凡物质，打探人类恐惧的情资。亦有过时的神秘隐情亟待被说破，阴谋论早已令铁血的网络战争狂兴奋许久。日日夜夜的坚守与煎熬，业已沦为小众的慢性隐疾，看热闹的路人不过是在毫无耐心地求一个明了的结局，哪怕几句话就好，以便为一个全球性的悬疑故事束起一个结。

恐怖是会传染的，马航事件能否找到遗骸，它都已经扩大了"无常"的威力，成为一种可被众人体会的痛觉，这种疼痛如瘟疫一般蔓延至南中国海、安达曼海、印度洋，成为旷日持久的、巍峨的不安情绪。许多时间过去以后，悲伤的家属扭曲的面庞会被遗忘，但恐惧不会。真相变得越来越轻盈，除了那些遇难者悲痛欲绝的家属，谁又真的能将追逐真相的热情如呼吸一般维系到自己生命的最后一刻？要不然，漫长的天问若有占星或紫微命盘加持解析，好像也不是不可以参与这一场世界性的悲情。据说，许多受难者家属，都在事故发生以后开始寄托宗教，甚至密教，来宽慰度日如年。灾难莅临之时，悬搁理性并沉湎于上帝是容易的。在他们心中，一定有一个完美的结局尚未破晓，那便是祈祷最初的姿态。关于那偶然的厄运，哪怕是虚假的落幕，能有一个简洁的置落，也算一场可以被接受的永诀。

这一年以来，中文世界集体学会了一个重新被启用的新词："失联"，又从与时间的搏斗中学会了一种可被接受的失败："不知所终"。沉海与出世的学习，实在要比"黑心到不能再黑心""地表最强小三海削一栋楼"要形而上得多。但二者其实都是日常生活，苦难与觉醒，倏烁而景逝，飘溟而星流，降落到谁的身上，谁就获得永不安宁。

一寸光阴从时光之流中剥离，碎片般轮转。大灾难背后亦有无数生发的小事，毫不起眼地被一些人彻底忘却，又被萤火虫一般莹亮的少数人缅怀着。譬如与此同时，著名的"湾仔码头"港产速冻水饺，也在那一日突然宣布退出台湾市场，原因不明。这一款水饺，曾经陪伴茱帕很长一段孤独的光阴，成为她腹中温暖的体温。只要看到这四个字，茱帕就能嗅到解冻的香气，和浙江乌醋酸楚的动人。但"湾仔码头"并非台湾的产物，并没有多少人为它惋惜。从2006年到2015年，年销六千万颗，换得网络新闻评论区一片叫好声。很像许多事。虽然水饺要吃手工的，快餐就很难说了。不久前退出台湾直营的麦当劳公司一样突然转变态度。它们都是乔比，悄无声息来了又走，也就无所谓缅怀。相较之下，"青蛙汤受封最恶心食物"更能引发同日美食新闻的关注。

名为"苏迪勒"的强台将至未至，令此刻台北风平浪静的外观显得过于世故了，茱帕冰冷的记忆逆向行驶，散落如贯穿破洞的零钱袋，穿起庞杂的点滴，勾连着日常与外部世界之间的微弱的关系。陌生的人们集体静候自然肆虐的姿仪，刻意保持着一种见过大场面的淡然，有悖真实感官的逻辑。

等风来。

对于这个很快就要停摆的小小世间，根本难以找寻到微弱的人的立足。自然是如此多变、神秘，仿佛看它一眼，就是在不由分说地误解它。纵容它，则更令它气恼。事实上，坚强的岛屿对无常没有那么陌生，但再坚强，苦难依然为苦难。"八八风灾"与沉没的"小林村"对于岛屿记忆形塑的巨大梦魇，茱帕和乔比都没有亲眼见过。"九二一大地震"则是《那些年我们一起追过的女孩》里才看来的现代历史剧。那时，他们两人未曾于岛屿相逢，更未预见相逢之后会很快在岛屿泣别。每一场自然的灾难都昭示着神谕，昔年的"莫拉克"仿佛诅咒，每一个台风的名字都看似那么神秘，像带着前世今生的来历，自然也裹挟命运基因。当时明月，一曝十寒。唯有这一次的风灾预警，是一个略有不同的世间切片。他们照亮彼此，浸润于两人之间的生理幻觉。一个想逃，一个想留下。一个想抽身，一个却犹豫。

从前，大陆人总以为"台风"是"台湾"吹来的风，这种常见的错误大部分时候都不必被纠正。然而，中国太大了，许多地方的人根本不需要知道什么是台风，像热带的人不必懂得爱斯基摩人拿手形容的三十几种雪的门类。这不仅仅是语言的跨境，相反，语言就是屏障本身，是时间和空间的持续悬停，是人与人间的万丈峡谷。更因为日子过得很苦的人，有许多事是根本不需要知道的。更因为有没有机缘照亮彼此，本来就是千载难逢的偶然。

譬如朝露、秋雨、晨曦、霓虹，譬如四季、海陆、南北双极。态浓意远是多么奢侈的人间轻愁，唯有那些生命时间尚不足以用"生涯"二字来介绍的青年人，才有一点点灵犀的意味。而此刻，茱帕却因与之相濡以沫多年，居然渐渐也能建立起无用的点滴经验，仿佛是温习一般，对自然的脾气做着仔细的检阅。等待台风的时光，也因此像在等待着沉重的允诺。知道它会来，又怕它来。怕它来，又怨它迟迟不来。在炫目的日光里，足以精确地想见地上的落叶不日将一点一滴颤抖起来、旋转起来。乐园呜咽、山水悲歌。被遗落原地的她,则将目送无形的大风毫不用情地席卷芳尘而去,把大地的舒展视为威胁。这些想象,即使并未受过伤害,克服起来依然是那么力有不逮。

人生的事,莫不如是。灾难是自然的鸦片之梦,它炫耀自己磅礴的孤独,却无人理解它暂时病发的谵妄症。台湾的夏天,因为被一场又一场有名有姓的风雨切割开来,成了一段又一段细密的往事,沾情带故。却因起讫竟如此接近,旋风似的来去,叫等过它的人莫名失望,被抛下的人置身结界,仿佛印度洋海滩残破的中国制造的"农夫山泉"宝特瓶,它上天入地,从三万英尺的高峰到深不见底的汪洋,最后幸存于偏远的孤寂,以物质的形态眼观一切,像已逝的时光一般世故无言。

至此,茱帕暗暗觉得,这一次的台风可能会有那么一些不同。不再会有将至未至的空欢喜,说好的灾难都会悄然赴约。这到底是不是一件值得高兴的事。翻覆的思绪构成特异之眼,一目重瞳。时地、岛屿都是蛰居的容器,环抱着迁客不可靠、不足为奇的种种消失,飞机、水饺、来自远方的情人(他离她的故乡本来也是远的,却因蛰居而短暂地近了)。

那天黄昏乔比走了以后,桃园机场就近乎关闭了,松山机场也开始闲置,像一场盛大的落幕。然而这二者其实并无真正的关联,就只是先后的顺序令人产生了不无残酷的联想。整座岛屿是在乔比离开以后,开始专心致志地等风来,万众一心都在为风灾假期祷告着。心态平和的台湾人执意在威胁下偷欢,强台进逼又算什么,他们大可以躲在书店、电影院、餐厅欢聚。

"台风天就是要跟牛排自拍啊! 不然要干吗……"

总有人要在风里煎熬、雨中叹息,也不想多劳作一日。茱帕因这嘈嘈切切的一日倏尔展开,心乱如麻,什么要紧的事都做不了。客运按部就班疾驶,重复地疾驶,如一生中许多看似平常的日子一样,没有人知道茱帕心里的狂风,早于自然的风预先吹过一遍了。一切执着于现实的祈祷都微不足道,虚无从来不是恩典,她的魂灵被天使藏匿星尘之下。孱弱的呼告,被大如4.7个墨西哥面积的风球威力所湮灭,隐身于酷热的台北城中。

那日晚上,"苏迪勒"尚未登陆,宜兰苏澳海滩却发生悲剧。四人被卷落海,两死一失踪,新闻填补了各种等风的急切。但台风并没有来。

台风究竟什么时候来?

二

　　一夜飙风过后,整个台北满城狼藉,路树如盛夏的高温一般重重地倒塌下来,铁皮店招也将停靠在路边的私家车砸得毫不留情。一切都是湿漉漉的,一切又显得不只是泪目挥洒过的惆怅,而是小型的壮烈与肆虐,是无微不至的外部创伤。乍一眼望去,好像在前一夜,全城各个角落都爆发了一场互丢家什的口角,狼狈不堪。直到天亮以后,那些神秘的不开心的人儿都不曾真正冰释前嫌。

　　木栅的景美溪甚至从未那么像过黄河长江,浪奔浪流,带着莫名其妙的雄心壮志,仿佛誓要从天上来,要入海流,尽管这一切它从前都不曾尝试过,是贸然而新鲜的,带着青春期一般不由分说的莽撞与赤诚。那必定是隐瞒于河谷深处的历史激情,徜徉于它周围的人们从来不曾了解过它的真正性情。然而眼前的景象却不仅仅是壮观与威胁,更是令人意外而欣喜的、好奇的、关切的,许多人冒着风雨站在桥上拍摄照片,浑身湿透都在所不惜。兴奋的人潮身影与受灾的民众面孔显现出极其令人感觉不适的显明对比,几家欢喜几家愁。他们仿佛都看到了一个终日里和颜悦色的老邻居,突然间盛大地失态了。这种胜景,直到后来一年,猫空山顶见雪,是差不多形貌。讶异、忧惧,转而又尴尬的微笑,与用力过度的平静。

南势溪泥沙暴增,原水浊度飙高至近四万度,自来水黄浊,影响了居民生活用水。清晨就有人去超商排队抢水,据说影响人群超过三百万人。没水喝没澡洗固然很焦虑,走上街的人们却又有新发现。南京东路与龙江路口附近有一个邮筒,当日被掉落的招牌攻击,撞歪了头。受伤的邮筒被人昵称为"小红""小绿",很快在网络上爆红,歪头邮筒意外成为新景点,中华邮政也十分实时地顺应民意,决定将这两座邮筒原地保留,作为"苏迪勒"台风来过台北的纪念。

然而这有什么值得纪念?

台风来临前一日,罢课学生也撤退了。全联超市妖怪音乐节开跑预热,提醒民众"八月二十九至三十日带着你的爸爸来全联妖怪音乐节补过音乐节"。他们也没有说,为什么要带爸爸这么做。一场台风吹出百种人,翻白眼的表情包不断更新。乌来山崩,成为孤岛,消防队会同民间义消,步行泥泞山区救助那些包括需要洗肾、化疗等的病患以及孕妇、婴儿。在一万八千位因台风来袭而提前撤离家园的民众中,有一位阿嬷问,"会不会有桃芝台风那么大",他们都想早点回家。然而,仅定为"中型台风"的"苏迪勒"一夜间夺去九人生命，近两百人受伤，四百万户停电，各地破纪录的阵风更是将路树连根拔起。风速破表，火车飞上月台。土石流埋了多间屋子，有养殖场挂了两万尾锦鲤。农损更是严重，不会有老农看到歪头邮筒就能得到什么"疗愈"。一夜浩劫过后，还在工作的公司被说成"老板罔顾员工安全"，不在工作的公司，又被说成"不顾人民死活"。两名台电工作人员在云林被不满停电太久的六名民众手持球棒围殴。风雨中还有一名女子苦追出租车被拒载，纷纷乱乱，叫苦连天。

　　茱帕看到电视里正说着，台风日当晚有一对情侣叫外卖比萨，比萨做好了却谁都不肯去店里取。最后男生冒着风雨取回比萨后，回到家直接说要和女友分手。女生于是拿起了桌上的刀子，戳了男友的心脏，男友宣告不治。女生觉得好害怕，主动报警，说男友在家中自杀。警方想来想去觉得很奇怪，为什么有人冒着那么大风雨出门取回比萨之后突然决定自杀。调阅监视录像带才查明事实原委。镜头里的那个女生一直在哭，想来也是台风惹火，叫人犯了癫狂病。那位可怜的男友，在天之灵要怎么原谅这位恐怖恋人，令他短暂的人间之行在一个盛大的台风天如此不堪地戛然而止。

　　一旁的马克也目不转睛看着电视机，只是他什么话也没有说，看完新闻就直接滑起 iPad。他总是这样。

　　茱帕透过住家的高楼窗户，望见楼下的溪流已没过树顶。

好几株老树如绿色的香菇一般漂浮在黄色的泥水中,荡荡悠悠,天际灰黑的流云正随着溪流飞速奔跑,好像电影里恐怖片的场景,在那些云朵的后面,一定有巨大的怪兽们要纷至沓来。云物疾速奔走在那么小的台北城上空,也不知它们急急忙忙地到底想要去哪儿。楼下原本文艺、清新的单车车道、沿溪步道已经无踪无影,儿童乐园也不知去向。只有一望无际的水,一望无际的涟漪。水城台北由此而显得格外名不虚传,但更名不虚传的是,所有人都视之寻常地躲在自己温暖的舒适区中,并没有引发任何恐慌。好像有家的人就能傲然对外面的风凶雨恶毫不知情,那是故意的,也是任性的表情。那些被脏水淹没的地方,也曾是茱帕留下过许多回忆的土地。不止和一个人,不只是自己。点点滴滴,往事被汹涌的水流一股脑地覆盖,如今看来居然都不那么重要了,没有也就没有了。天灾为她波动的内心生活做了颇为彻底的洗礼。

就像前几日,茱帕也曾独自走过了心中的千里江陵,不得不与一些轻盈的记忆永诀。最难熬的是回台北客运上的那一个小时,头顶上冷气显得过于凛冽。但下车后,扑面的热浪仿佛拯救一般地温暖了她的周身,令她最终被融化了,清醒了。回到家里,茱帕怅然地按下了咖啡机的启动开关,香气袭人,那是旧生活的温柔,这种温柔是一种强大的牵拖力量,如催眠师一般施法说服茱帕,其实什么都没有变,她只是心中暗觉有些疲累,其实什么事情都没有发生。

"这一次台风真的好可怕啊。吓死我了。"茱帕在窗口按下手机相机,幽幽地说。与其说是感叹,不如说是搭讪。

"有吗? 我看你还挺自得其乐的。"她身后的马克说。茱帕知道马克内心有刺,他本来也是敏感的人。一场大风雨过后,一场熟悉却不热烈的欢愉过后,他假意接受了,什么都没有改变。

"所以你今天要吃点什么呢?"马克问。

"吃什么都好呀。"茱帕释出微笑说道,"湾仔码头水饺也没有了。新闻说突然倒了。和麦当劳一样。我们冰箱里还有十四颗呢。我前几天吃剩下的。以后再也吃不到了。你知道我最喜欢这一家的水饺了。"

"这个水饺你不是都吃坏肚子一次,还挂了急诊你忘记了吗? 还有别家啦,传统市场用手包的才比较好吃,食材也比较可靠。林青霞都空运回香港的东门水饺,可不是你家的湾仔码头。湾仔的水饺真的那么好吃,她干吗不在香港吃。"马克笑道。

"我又不是你们台湾人,也不是林青霞。你不懂,有害的东西才最好吃啊。"茱帕答。但她突然意识到什么,有些尴尬,只得补充道:"从前你不在家的时候,我都吃这一家。我们家乡人说,拼死吃河豚。就算是冒着生命危险,也要尝试好吃的东西。因为人活着有什么意思呢,灾难那么多,买个比萨就死了。有狂风暴雨,地震土石流,说不定哪天就死于非命。吃坏肚子与吃好吃的相比,又算什么呢?"

"以后在家里不要总说死。"马克说道,"以及有害的东西不是人人都想要尝试的。我就不想。"

"我们楼下阿嬷的水饺店很好吃啊。"马克想要缓和一下气氛。

"你难道忘记我刚来这里的时候,她问我多少钱,我以为她问水饺多少钱,我还想哪有店主会问客人水饺多少钱。你一定听懂了他是问我多少钱,你买我结婚花多少钱。你也没有为我说什么啊,你也没有生气。你就一直笑。我不知道发生了什么我也笑。我现在才知道我有多傻,你眼里看到的我有多傻。我一分钱都没要欸……"

茱帕突然说了很多很多话。但马克很快打断了她,他没有要认真听她继续说下去的意思。他并不喜欢这一类话题。但是要刻意纠正她,又嫌麻烦。茱帕一贯很爱耽溺于此,感伤的因子在她的身体里好像如影随形的女性病,从来都不会真正痊愈。最近更有越发严重的趋势,不知是因为什么,这也愈发令马克感到头痛。在他看来,女生一旦总想到"生啊""死啊",就会不想要结婚生子,不想要结婚生子,那他们为什么还要在一起?她又不上班,又有吃有喝,凭什么。

她们并不是真的想要弄清楚生死要义,她们只是对现实生活不满意。她们不愿意劳动,却又擅长对各种事不满意。女人总是这样。台湾人、大陆人,全世界的女人都一样。

一个月前,茱帕方才循着一群台湾道士去泰山学习做道场。马克有工作,不便陪同。回来以后,茱帕就显得格外忙碌。不是在和朋友"雅集",就是搞"茶会",不然就是去道堂帮忙,再或者是拜见"太极拳"师父。她好像突然间在这里有了很多朋友,又好像只是特地为了出门而生产出来好多新朋友。有了这些人,她才能努力将自己的生活与马克剥离开来。从前并不是这样的。从前的茱帕总是扳着手指期待着周末莅临,这样她就能够占据马克的全部时间,就算是假装占据了也是好的。如今逢到周末,则换成马克躲在她身后,和她一起换衣服,一起穿鞋,准备出门,她会说:"你去干吗?"可在从前,她一定会说:"你送我好不好?"又或者说:"大教授你陪陪我一起去好吗?"马克不知道是她变了,还是她长大了。也许这本质上是同一件事。一件令人不高兴的事。

如今的马克总觉得自己和茱帕的距离,要比看上去遥远得多。好在茱帕不管去哪儿,每晚都会回家,令这一切变化看起来并没有什么本质上的不同。她真的要回家,也不是很方便。她显然不只是去过嘴里提到过的那些地方,但那又怎样呢?总之她每晚都会准时回来,像一个鬼祟又胆小的小动物。综艺台播出的另一半可能出轨种种迹象,茱帕好像都有,又好像没有。然而生活不会处处尽如人意,人也是。马克觉得,茱帕年轻,贪玩是一定的,她能记得回家就好了。马克心想。只要她还能回家,他就愿意继续与她在一起打发时间。要不然她还能去哪儿呢,她什么也没有,既没有身份,也没有钱。他甚至想要去查询茱帕的通联记录,因为就连电话的名字也是他的。但他最终没有这么做。他也怕看到什么他不想看到的东西。他也不想再结一次婚了。何况现在,年轻人不常打电话。想这些不开心的事,不如花脑筋考虑怎么挣钱。经济越来越不景气。学校招不到学生,快要倒闭了。退休时间迫近,但是,私立学校退休以后,也没有退休金,以后怎么办?外面风大雨大,家里福大命大。

　　马克心猿意马,独自在厨房里,心不在焉地做着三明治。又将冷冻虾煮熟,劈成上下两半,平铺在火腿上。他喜欢在三明治中添加许许多多的东西,烟肉、火腿、虾、西红柿、山药、吉士、鸡蛋。装盘总觉得厚得快要倒塌了,又丰富得过于诱人。也是在从前,茱帕很喜欢这一味,感觉她喜欢马克做的早餐,甚至超过依恋他这个人。她娇生惯养,在精神上难以独立,和马克同辈的女生却很少这样。茱帕看似什么也不会做,事实上也的确如此。但正因她身上的这一点毛病,偶尔也让马克感到安心。她仿佛很难离开他的照护,只要她还没打算学习去照护别人,她就永远不会离开他。即使她心里去过许多地方,但她终究会回来的,会回到马克的身边继续依赖他,蚕食他。她心不甘情不愿地和他接续着并不完美的日常,但那也是扎扎实实的日复一日,滴水穿石,自然就连接着永恒。相反,那个看上去什么都会做的前妻,和一直对他表现冷淡的女儿,才让马克想起来真正感到恐惧。

在马克眼里,一个女人只要爱他,兼着有些自己的爱好打发时间,就足矣。这也是他过了四十岁后才懂得的真理,四十岁以前他并不了解自己的这一面,他只知道他极不喜欢女人强悍,仿佛她们稍一作势抬头,就能伤害到他的自尊心。他对茱帕的纵容与包容,甚至远远超过对他生命中其他所有的女性,包括他唯一的女儿,原因大抵如此。但他始终没有意识到,人是会变的。纵使茱帕没有变得强悍,纵使茱帕确实依恋他的无微不至,她对他的爱本身也是会变质的。变质后的茱帕,到底比吃苦能干的台湾女人好在哪里,马克有时也是迷惘的。多灾多难令苦难本身显现出了一种奇异的母性光辉,这种光辉马克不喜欢。茱帕的黯淡,是他可以看破的黯淡。

油锅热起来时,"滋啦啦"的响声淹没了窗外的雨脚如麻。烤箱里面包好了,"叮咚"一声。马克听到客厅里的咖啡机正发出磨豆子的响声,那是茱帕在做的事。几年的生活令他们培养了情感之外的绝对默契,茱帕凭借声音就知道马克的早餐已经做到哪儿,而马克凭借声音也可以知道茱帕一直都站在原地,仿佛紧紧跟着他的步伐,配合他的节奏,一刻都不曾抵抗过他,离开过他。这令马克心里很安慰、很高兴,哪怕事业不顺、台风呼啸,都没有影响到太多心情。算起来,这种高兴可真是久违了。

这段日子,马克学校的景况一直不是太好。风凶雨疾时,他甚至希望学校的树能多倒几棵,体育部的招牌,也能狠狠地砸向地面。操场最好被砸烂,办公室最好被风雨吹落下精美的盆栽。说好的十五级台风,若能把整个学校都砸烂也无妨,最好是能砸到校长,或者校董事会的随便谁。但这些困扰他从没有对茱帕说过一个字,他甚至不知道自己下学期还有没有工作。半年前,马克参与了校内一场复杂的人事斗争,待水落石出时,他显然随着自己的上司失势了。主任辞职以后,他有一天没一天地上课、下课,厌倦好似细菌突袭他周身的角角落落。人生从未像此刻这样显得无常,放眼望去,事业上甚至没有一处细节值得被认真对待。感情上又像是流亡时将食品券交到对方手上。每个月照例,他会交给茱帕一万五千块钱,供她零用。这原本只占他收入的十分之一,他从来不问茱帕用去了哪儿。他也不知道以后还有没有这样的余裕。他还有一些积蓄,一点而已,可以维持看似平静的日复一日。

在这所大学,马克待了整整二十年,从来没有像今年一样对它感到极其陌生。只是日子都太好过了,尤其是回到家里,今天过完仿佛明天,明天过完仿佛又是今天,所有不愿意去想的事情,马克都囫囵搪塞过去。他看到茱帕,无论她是哀愁,或是臭脸,再或许心不在焉,都比学校的风貌令他好过得多。以至于这一段名副其实的台风假安宁得仿佛回到了他和茱帕最初相遇时的那几个月,那么充满欣喜,平静如水。未来辽阔得好像醉人的天际浮云,浸染金黄色日光的色彩,像打烊的青春再度重现,像褪色的烟花一样盛放于马克久久失去了的旧日时光。他不用再去想大学指考人数,不用去想105大限,不用去评鉴,不用去想退休金。

"苏迪勒"来临的那个夜晚,马克突然感到有些害怕。他在洗澡时被热气迷湿了双眼,窗外物什坠落东倒西歪的声音不时传入浴室。他想到自己还在上大学的时候,也是遇到台风天,他和学妹一路从乌来山区徒步想要走出来。路上一辆车都没有,两人身上都湿透了,互相连看一眼的勇气都没有,什么话也没有说。走到浑身冰冷起来,学妹开始哭泣。于是这一路就走得更加凄凉,凄凉中还有一丝恐怖的意味。她长发白裙,又抽泣的样子,令马克感到一种死亡的气息。那时候,他也有想到过生死要义,想到自己还没有当兵,可能就这么死在一个雨天,既没有车祸,也不算英勇。身边还有一个女生,他说不上是喜欢她,也说不上不喜欢她。她不是他的第一个女人,本来也不会是最后一个。可那种灰蒙蒙又大雨滂沱的天色,令马克开始怀疑起命运。天快要全黑的时候,终于来了一辆车,救了他们俩。他们两人失魂落魄坐在后座,湿淋淋颠簸,一路回到台北。马克将身上所有的钱都给了司机,其实也没有多少钱。学妹下车后对他说:"我们分手吧。"马克至今都没有问,那是为什么。他仿佛知道,又仿佛不知道。那天他又想起这件事,心里很难过。

"茱帕,你这次的签证什么时候到期?"马克突然想起来这件事,于是问了一下。

"好像、可能是九月吧。一会儿我再看一下。"茱帕吃着马克做的三明治心不在焉地回答,"怎么啦?"

"没事。"马克说。

三

茱帕前几日在道堂和朋友一起看电视聊天,看到了一个很苦的故事。

有一个儿子,回忆父亲早年出轨,情人索性就住在家里,作威作福。有天趁家里没人,她用一瓢一瓢开水烫伤了洗澡的母亲,母亲视力不好,没办法求救。延误治疗导致母亲感染,且各种病症并发过世。那个人,因为有一些精神失能判了四年出来了,父亲居然决定和她结婚。被赶出家的他后来考上了免费师范,吃了很多苦带着弟弟妹妹成年。再得到继母的信息是据说她在火车上抛下婴儿又后悔,他才知道父亲和继母有了孩子。十年后,有天下班回家看到家门口坐着轮椅的父亲,屎尿满地。他也不想问,就带父亲去看病又送去疗养。好容易养好,父亲从疗养院逃走了。他也没有去找。再看到父亲的新闻,就是继母酒后用电锅砸死了父亲,还想栽赃给自己儿子,她再次因为自己的疾病只判了四年。他说,这个人从一出现就摧毁了他的一生,二十年里连续杀害了他的父母。每次他觉得自己的人生已经好起来了,她就又出现。说来也怪,继母因为酗酒过度,居然在羁押期间猝死。那个可怜的人说,一切终于突然结束了。有一天,他看电视里尘暴的新闻,想到几十年前烫伤的母亲,就一直哭。五十几岁了也没有真的好。后来女儿出国留学,要说一句吉祥的话祝福,他想半天说,不知道说什么,就说,活着。

"马航的事又没人管了呢,八仙尘暴的事好像就再没人管了呢,那些学生真是可怜,那么快就被忘记了。"荣帕回家对马克说。

"是啊。"

"对了,你认识吴思华吗?"茱帕问。

"见过。"马克心不在焉地回答,"他去年好像要出书的样子,那时候还没有现在看上去那么衰,脸色也好得多。不过台湾就是这样,总是吵吵闹闹,今天还是长官,明天可能就是烂咖。但不管怎么样,教育部门快要完蛋了,烂到根了。"

"你们怎么又要完蛋了?再坏也总有人会继续搞,只是也不知道以后会怎样。"

"你以前不关心这些的。"马克瞟了她一眼,轻轻叹了一口气。

"以前是以前。人都会关心以后,不是吗?"茱帕说。

"以后会怎么样呢。我也许会失业吧。我其实都不知道失业和退休哪一个会先来。我也不知道女儿要怎么养。你看,我还要养别人的女儿。"马克本来想开玩笑,他不知道茱帕有没有听见他的话。他没想到茱帕会生气。

先前他邀请茱帕下午和他一起去看展览,却被茱帕拒绝了。他请她吃牛排、看电影,她也推三阻四。但很快,暑假就要过完,马克也要返工,他们再无这样的闲暇耳鬓厮磨。茱帕看起来毫不遗憾,她表现得很忙碌的样子,但马克已经完全不知道她到底在忙些什么了。这令他很失落。毕竟游玩是小事,三餐一宿也总可以将就,但他却从来没有问过她,若是他失业的话,她会不会继续留在他身边,以及她会不会还留在台湾,她愿不愿意出去工作,她的身份可以做的事不多。他甚至没有敢问她,下次她还想不想过来,要怎么过来。他总要问一问她的。马克心想,时间不等人啊。时间真可怕。偶尔当茱帕拥抱他,在他出门前,或他回家时,或轻轻伏在他腿上。早两年他并未真的当回事,如今却感到珍惜。马克对于这段日子以来的变化,并非毫无知觉。他只觉得自己有些老了,力不从心。眼看自己盖的楼在风雨中飘摇,他能做的居然只是眼睛红了。从前怎么可能会这么窝囊。

马克与茱帕恋爱第三年(是恋爱吧,不然是什么呢,三年里起码有两年在办理各种烦琐的手续),恋情已经达到不说话也不会尴尬的阶段,却离"想触碰却又缩回手"的初心越来越远。那段日子是他人生回光返照的好日子。《红楼梦》里大厦将倾前的"烈火""鲜花"都是日常平凡的风景。他很受学生欢迎,研究经费也多,每年都可以出国开会。2007年以后,大陆学生来得多了,他认识了茱帕。茱帕毕业以后,就没再做什么事。她原来的家庭并不幸福,急于想要逃跑。这令他们的结合,有了一种天赐姻缘的契机。他不必承担道德的责任,私校对于大陆学生的管理,也只管收钱。她不必考虑未来,她的人生里除了过于漫长的未来什么都没有。

现在他们如往常一样,日复一日腻在一起。但并不亲密了，也不知变化是从何时开始发酵，不知会不会还有新的剧情。每天晚上，茱帕如常环抱着他的身体说"晚安"，但却像是在安慰一个快要没用的人。她不再一个劲地祈求关注和爱。他们变得更像是朋友、亲眷，或者介于这两者之间的某种相熟。而这一切总是将马克带回青春末期的回忆，那时他对自己的信心还有些犹犹豫豫的期待，他还很有斗志，不知道什么是真正的忧郁。他看到一块石头都想要征服，看到日出想要拥有，更想走遍全世界……

马克曾对女儿说："爸爸一定会像从前一样对你，对妈妈。爸爸妈妈永远都爱你。"他尚以为自己真的可以做到。但如今他看到女儿，像看到她眼神中反射的成人世界虚伪的尖利。简直不知该从何爱她，只觉得内疚，又觉得无助。女儿很快也会有喜欢的男人吧，年轻男人真是令人讨厌，但他希望女儿找一个像自己这样的人吗？也许吧。说不清楚。真是说不清楚。好在现在仍只是虚构，他已感觉到这种虚构的威力。他不知道待自己更加无措地面对世界将要很快将人间最美好的东西——青春、爱情——交给下一任年轻人的时候，他的身边还有没有茱帕。

入睡时分，他们的房间里安静得怕人。有时茱帕突然喊一声"地震了"，马克就淡淡地应一声"是喔"。但他甚至暗暗希望真的大震一场，茱帕也许就会和他永远在一起（或者死在一起)。在稀松平常的日子里,总没有一场大难袭来,可以拯救他们寡淡的情感生活,"苏迪勒"也不行。无尽的台风一个接着一个吹来吹去,根本无济于事。

还记得八十八年九二一地震时,马克三十五岁,女儿两岁。逃散途中,家中整排书架倒落下来,马克护着妻子,妻子又护着女儿,就跟电影里拍的一样感人。源自本能,那是他们一家人最亲密的时候,差一点就要同归于尽,才知道心下最关切的人到底是谁。其实对马克来说,若是时间真的停止在那一刻,也焉知非福,可惜他再也回不去了。她们也是。大地震后的一小段日子里,马克甚至从未想过自己有一天会和眼前这两个最亲的女人分开。然而,如今再没有这样的温馨了,惊怕中的温馨好像生命中稀少的萤火,并不永在。茱帕也替不了这些回忆,成不了记忆里的那个人。这不是她年轻的关系,也不是她是大陆人的关系,她只是不是那两个人之一。马克也不是那时的马克。只有偶尔深夜时分,茱帕悄悄叫一声"地震了",马克会想起曾经同路的另两个女人。但他不会再一跃而起了,也不会像鹰一样护着家人。无论夜里发生怎样的事,他都感到厌倦,只想沉沉地睡去,最好再也不要醒来,那也是永恒的一种,不是吗,即使永恒边上萦绕着茱帕的嘀咕:"你真的都不怕地震欸!"他也佯装真的如此。他曾经是怕过的,更怕失去枕边的人。现在不同了。

马克不是真的不爱茱帕。他有点逃离不了继续扮演一个近似"丈夫"的角色。但如果是扮演妻子，那茱帕恐怕很难长期胜任，她什么也不会，又不想学。他和茱帕一起驾驶着无轨电车，很快就要耗尽油料，各自纷飞了。生命中和马航一样失联的女人，很多吧。

很难说在看到茱帕时，马克没有想念过前妻。即使是在与茱帕热恋的第一年，他都从未忘记与前妻的每一个纪念日。人生里有些记忆是无用却牢固的。当茱帕降临到他生活中具体的每一个角落，他依然知道这个家曾经是以怎样的强力与另一些女人磨合过，又不巧失败了。前妻离开以后，他对生活里的一切都放松了。茱帕不知道，卧室的吹风机是马克上一位女朋友留下的。她正在使用的衣架，则是前妻当年没有带走的。茱帕从来不问，马克就不会去说。在莫名的心照不宣里，两人都耗尽了默契的心力，也渐渐稀释了情感的浓度。

马克知道，如今茱帕的心已经走了。至少她一定走远过，不知为何又再回来，他知道那不是从前那颗心了。可这并没有什么大不了，他五十岁了，他可以承受。没有人始终留在原地，包括他自己，光景好的时候，也不如当下那么失落。或者更确切说，如果学校里的事再顺利一些，马克也许就不会觉得他和茱帕之间有什么问题。

如果茱帕是一个台湾女生，那么他们也许还能再搪塞一阵、粉饰一阵,大家都不怎么着急,平静如水的生活也就比死寂多一点恻隐的温柔。但最关键的是,茱帕始终没有表露心迹。马克越来越相信,茱帕只是想把剩下的不多的日子过完,而后她就要离开了。

"你要不要正经来台北念个书呢?"马克问她。

"可是我没有很喜欢念书,你又不是不知道。而且大陆学生好像很可怜的样子,有法令规定什么都不能干。没有健保,出了尘暴这样的事,浑身烫伤甚至死掉就都只能算自己倒霉。也不能和大家一样工作。学费还很贵。"茱帕流利地回答,不知道哪里学来的。

"可你现在也什么都不干啊。你每天泡泡茶打打太极拳做做蛋糕的又能出什么事。这几年你哪天不是这样过的呢,三年前你要是去念书,现在都毕业了。"马克心下觉得好笑,他总是忍不住拆穿她的小心思,就好像年轻男人爱做的事。

"你不是刚才还说台湾的教育要完蛋了吗?烂到根了吗?"

"而且我也没有钱。"茱帕又说,"有钱也不想念书。"

马克沉默了。他知道她只是不愿意。也不知道是不愿意念书,还是不愿意继续留在台湾和他一起。

"茱帕,我学校的状况也没有很好。也许会失业。所以你觉得要怎样呢?你也不小了,我是没差,但你一定要想一想的。要留在这里还是回去。你想一想之后告诉我，好吗？证件的部分，你要自己办理。无论是读书，还是其他。"好一会儿，马克严肃地说。

"我想回去。我在考虑回去。"茱帕淡淡地回答。

如果没有乔比，听到这样的话，也许茱帕会大哭一场。而即使有乔比，听到这样的话，茱帕心下也顿起了惊涛骇浪。她当然知道马克在说什么，又始终没有真的说出什么。但她此刻完全不愿意做决定，就像乔比离开的前一夜，她同样没有对乔比说上一句"你等我，我来找你"一样。所有的承诺对她来说都难以启齿。

茱帕甚至有些怀念，自己还在当交换生时所见过的台北、见过的马克。那时马克还是她的老师，又没有真的给她上课。他曾引领他们大陆交换学生认识这个城市，却只引领她一人一再探入生命深处，令她看到了那个从未见过的自己。最美好的日子，都充满了时光本身赠予的幻觉。三年前的每一次告别，都仿佛是永诀一样悲伤。但每一次这样的永诀，马克总有办法给她惊喜，在不久的未来对她说："亲爱的你又可以来台北了，快做准备吧。"于是一而再、再而三，茱帕进入这块神秘又温存的土地，若不是时间流转，她会真的以为今年过完就是明年，明年过完又是今年。但她忽然就二十七岁了，不知觉间。马克也快要五十岁了。他像父亲般地待她，又越来越只像父亲。马克停留在茱帕的生命里,像一种温暖又巨大的幻觉。他可能不再是学校里那个能为她遮风挡雨的前辈,也不再是放课后神神秘秘地送她、等她,无微不至照料她的那个人。但马克如今却对她说,这是最后一次了。茱帕知道马克没有说谎,他并不是故意这样做,他应该也有难言的苦衷,这些苦衷她都不想听。他坦白地告诉她,可以真的来台北念书,这样浪掷的日子就得以延续了。而他不坦白的那部分讯息,也无非是,分手吗?

"我们会在一起吗?"记得茱帕这样问乔比。

他同样没有回答。

在台湾的日子,总好像是在海的颠簸中虚度。有段日子,马克设定的手机闹钟是《赛德克·巴莱》的音乐。音符中的日出、山脉、河流,都像一种温柔倾诉,伴随着金黄色日光,一点一点进入眼帘。世外桃源也不过如此的面貌,没有什么奋斗、意图、道德责任,只是日复一日,只是海浪拍打、礁石风化。这个世界,茱帕原来是没有的,是马克亲手送给她的。她长大了,略有一些懂得这种美好的礼物背后大都隐藏着她当时不知情的标价。浪掷的这几年,她成了一个美好的废物。每天追问"海有多深、山有多高、路有多长"就足够经营好流逝,她已学会在巨大的庇护下偷欢自己的偷欢。从某种意义上而言,她觉得自己对于马克而言和宠物猫狗无异,又比猫狗更有自尊心。她甚至有些憎恨马克带给她这样的生活，令她回不到原点，又没有能力走到未来。另一方面，她安于这种假的憎恨埋怨，她躲在屋檐下看风看雨多好，不用想未来多好，心里还住有另一个人多好。

乔比在哪儿呢？

四

每逢佳节，无论是台北的小时令，还是大陆的公休日，身在北京的乔比都会传一通简讯问候茱帕。茱帕也养成了相似的习惯，在一些无聊的夜晚，她会看着手机屏幕查阅什么时候会有节日，像看着一段神秘的光阴。而这些所谓无聊的日子，其实也是她与马克生活的倒计时。茱帕努力不去多想这件事，她不愿面对离别，对乔比、对马克都是一样。因为乔比极少主动说起暧昧的话，即便是告别都没有浓情蜜意，飒爽得很，所以关于这些联系，茱帕根本无须防范。即便她的手机通讯费一直是马克在缴付，机主也是马克一人，但马克从来不看她的聊天记录，碰都不碰她的手机，更不会查阅她的通联。马克自己也有秘密。他们各自怀抱着自己的手机，像怀抱私人的宇宙。马克始终秉承着盲目的优越感，以卓然的身姿鸟瞰女性的精神生活,这不只是针对茱帕,也对他生命中的其他女性。既然是鸟瞰,那便是没有细节,没有深邃,只有大概。时间不多了。剩下的时间,他要留出来认认真真摆出一个无所谓的表情来面对离别。

难怪他的前妻和女儿都受不了他。茱帕第一次斗胆这样想。

有时茱帕的手机,只因为里头住着乔比才显得有意义。她将他的讯息关闭了消息提醒,假装并不及时阅读他,也极少主动找他聊天。乔比留言给她,一句问候、几则表情,像昔年里的便条、信笺,寥寥数语,见字如晤,弥足珍贵。每一封,她都看过很多遍。马克说得没错,那就是茱帕的"自得其乐"。令她"自得其乐"的对象,会遥远地、无声地释放着微弱的讯号,提醒茱帕他还在她身边,从来不曾离去。至少,他没有忘记她,她也没有忘记他。他们两两相忘,仅隔着一千六百九十六公里,却仿佛相隔着一个世纪。这也是岛屿天赋的宿命。曾几何时,这片海峡只有飞弹和飞鸟可以逾越,半个世纪以后,爱情却成了触礁的白色海浪。没有承诺,告别却已在发生的轨道平静延展。

与乔比分别的这段日子,茱帕已经略感度日如年,这是她没有想到的。"苏迪勒"将一切冲淡不少,但两个月的零星相处,居然很快就颠覆了她与马克的这三年。这样的事令她感到焦躁,在茱帕简约的情感经历中还是第一次遇到,她也不知道该和谁商量,不知怎么抉择。

唯有跨过马克,茱帕才能真正与乔比重逢,毫无负担地与他继续交往下去,尽管她并不知道自己和乔比有没有未来。茱帕并不算擅长左右太复杂的情感关系,这才令她不得不要做残酷的割舍。但要跨过马克,无异于要彻底击败那个曾经在漫长岁月中全盘托付过的自己。她也舍不得。面对马克,茱帕于心不忍。既然她已经决定要离开他了,就宁愿让这种离别变得更温柔些、漫长些、曲折些,最好什么也不要说,什么也不要做。缓慢的痛苦使人堕落,也使人安于现状。即便是作为弃船的人,也很难说茱帕在守船的那三年中从没有受到过情感伤害。她和马克一样感到失望、无助、灰心,他们彼此懈怠、忽略,又将日子草率地混迹过去。对一段感情而言,茱帕做了可能不好的事。她也想忘记,从头开始,可这似乎很难做到。无论怎样自贬身份与灵魂争论,都是徒劳的。她只感激一件事,马克收留了她,可能是她这一生最无忧无虑的沉闷。

新闻里不断危言耸听,跑马播送着所谓"红潮来袭"的经济要闻。就连演艺明星陶喆出轨这样的事,大陆女生都要被冠以"强国小三"的贬称,一时风声鹤唳。尤其在此刻的茱帕听来尤为刺耳。现在她偶尔会想问一问马克到底是怎么看待她。他是不是从来都看不起她,觉得她是北方来的姑娘。可这真难以启齿。她是在北京念的大学,正经以交换生身份来的台湾。但她后来才知道,许多越南新娘也是大学生。饺子店的阿嬷应该并没有把她当作越南人,她知道她是大陆人,却执意这么问。所以年轻真是好,天真、烂漫。也许马克就喜欢她这一点吧。那时,若是马克愿意为她吵一架就好了。马克的爱是那么刚刚好,无微不至,他愿意为她做饭、买衣服,照顾她的起居。但他是绝不会为了这样的事为她吵一架的。

认识乔比之后,荣帕认识了不少陆配。她们嫁来台湾,与她一起学习花艺、茶道、太极拳,常常会去学校和大陆学生一起过中秋、元宵。"陆配"里自我感觉最好的就是上海人。她们不承认自己是大陆配偶,她们会坚持说"我是上海人"。说起来,荣帕认识乔比也和她们的志工活动有着莫大的关系。乔比是被北京的报社派遣来台学习生活的驻外记者。在台湾的日子里,他每日走走看看,热心许多奇奇怪怪的团契活动。他并不像个记者,反倒像是个常见的文青游客。乔比令她忽然发疯似的想念起北京,想念起那个连宽阔的道路都令人自省渺小的古城。到热带三年以来,荣帕再也没有见过断断续续下了几天的白雪,再也没踩过脚底打滑的路面、凝望过结冰的长河。她简直不相信世界上还有冬天。关于这一切,她觉得眼前这个人无疑是懂她的。他唤醒了茱帕身体中原来的自己。他也许是无益的，但这种唤醒映照了茱帕在岛屿的压抑，已日复一日成了日常的习惯。

紧接着的那两个月中，茱帕带着乔比走过许多马克曾经带她走过的地方。她告诉乔比，这里二十年前还是一片废墟，那里三十年前曾住过一位台大外文系毕业的名作家。号称全台北最好吃的海鲜、吉士蛋糕、珍珠奶茶、鸡排、红豆饼，茱帕引领他一一尝过。她告诉乔比，永康街一角的小牛肉面摊，如今已慢慢延展成为盛名之下的商业街，那间著名的冰店也因为店主夫妇离异而拆分成两家，对台做着同样的生意。她告诉乔比其实台湾人口味和大陆人很不相同，所以如果一家店打出的广告是蒋夫人喜欢，那一定可以试试看，外省人会懂得其中的滋味，是一种多么奇妙的象征。乔比并不喜欢吃东西，也不喜欢逛街，但他没有表现出来，茱帕只是感觉到了。他仔仔细细听她描述，似乎要努力记住这些其实并不重要的事。茱帕喜欢他这种表情。

刚开始，乔比还会对她熟稔的描述投来惊异的目光，但后来他只会笑笑，意味深长。即便是他们展开了更为亲密的关系、冒着永恒难以为继的风险，两人始终没有真正肝胆相照。人都有秘密，人与人之间也不过是不断地建设、繁衍、交换着历史经验，在记忆中不断回溯过往的情感历程，便能以之为基础，携手找寻新的大千世界。但茱帕认为她与乔比的默契足以克服这些琐事牵绊。譬如乔比从来不问她怎么会知道这座城市三十年前的事，是谁告诉她的，而茱帕也从未问起他到底在哪一间报社做事，要做些什么事，会领多少钱。她相信他，仅仅凭借盲目的直觉，也依赖着细腻的幻觉。然而，"相信"是温柔乡，也是琼楼玉宇，遮蔽着苦难与真实。他们始终在薄雾上勾勒彼此的形象。除了亲密关系之外，他们连朋友都算不上是。茱帕有很多话想告诉乔比，又怕告诉他。最终没有说，是因为马克。她还住在马克家里，这要怎么说得清楚。她是怎么来的台湾，这又要怎么说清楚。乔比问她是不是学生，她就说是，可是那间大学的交换生计划，她已经结束三年。她也没有主动提及，要带乔比去参观学校。

这段短暂而安静的意外恋情令茱帕想起许许多多看过的爱情电影、言情小说，诸如此类，肤浅又动人，但那些能被她想起来的故事，却大都不是团圆的结局。新世代女性的道德断层，令茱帕感到越来越迷惘。她有时是清楚的，譬如看电视台的综艺咖摇身一变成为情感专家，就不断鼓吹起翻转的爱情观。他们极不负责又蛊惑人心，提醒茱帕自己所做的一切都很寻常，是女性自觉的表现。情海多变卦，顺适心意是与男权的蛮横作对。变心是寻常，忘恩也是寻常。人心就是草木，就是无情，唯有禁忌才是最好的催情药。你奈人生何。不知觉地,茱帕心内沉睡已久的东西,忽然醒觉过来了。她觉得自己没什么错。然而看到马克为她做饭,她又会觉得内疚。犹犹豫豫、左右为难的表情,原来并不是琼瑶电影中的样子,而是可以那么平静、波澜不惊,像一个久经风霜的人一样,她开始变得很娴熟,对两个人都说一些极普通的闲话,打发掉闲置的时间(就像八里妈妈嘴杀人案里的女嫌谢依涵)。

　　跃过时间的贡献,茱帕慢慢成了自己的陌生人。感恩台湾这块土地惠赐她身为女性的勇气与决心,福兮祸兮。茱帕还在北京念书的时候,曾经被同学拉去参加一场联谊会。联谊本就有相亲性质,但男生们显然没有真的打算表现出自己最好的一面。他们只是打着联谊的名号来寻女生开心,茱帕讨厌极了这种面目。那时茱帕尚未来到台湾,才刚被选拔成为交换学生。同来聚会的、不认识的北京男生傲慢无礼,不断说台湾人都是傻逼,但台湾这块土地却令人向往,"姑娘,你去你就知道,回来你就完了"。大家嬉笑着追问他为什么,"反正我女朋友要是打算去台湾念书,我就立马跟她分手。不过我看你那么良家,我相信你!"众人于是哄堂大笑,茱帕害羞交织愤慨,差一点就要离座。她最讨厌这些北方直男癌的言论,觉得自己手握北京户口就是赢在起跑线。最近想起来,不免觉得更加尴尬。然而这么糟糕的开场、这么糟糕的文化，她居然又想回去了，时间真是神秘的魔法。

茱帕一直等待马克对她说些什么。但马克只在吃饭、吃水果时，会在她身边坐上一小会儿。他兀自忙着自己的事，既不上班，也不出门。他十分回避与她聊天，只在夜晚时沉沉将手臂放在她温暖的腹部。没有告别，恐怕也是一种告别，即便如水的日子里完全看不见差别。如果没有茱帕签注的制约，也许他们还能再往下走一点。

八月底，马克本该开工的日子，他一直待在家里，看看书、看看报，毫无涟漪的平静之下似有深潭。茱帕简直能够想到待他退休以后，大约也是如此的面貌。马克终于服老地配上了老花眼镜，这在三年前简直是对他的侮辱。之前的他十分在意自己变老的速率，殊不知"变老"这样的事最合自然法度，最公平正义、无法规避。从前，马克可从来不承认自己发胖，只说是消化不良以至于胃胀。从来不承认自己微秃，只说自己是吃坏了东西导致发质变软。从来不承认自己早泄，只说自己很久没有恋爱，实在有些紧张。虽然这样说，这并不意味着嫌鄙。茱帕不会嫌弃马克。她只是预见了自己终有一日也会衰老，要如何看着曾经爱过的另一半接受这个残酷的事实，茱帕突然建立好了经验档案，像一种向命运透支而来的人生经验。所以，马克到底什么时候去配的眼镜，茱帕太过疏忽，居然完全没有留意。他无法接受新款手机卖几万块的价格，不认为电视机有必要变薄，至于戴森吹风机和吸尘器，更是莫名其妙的奢侈品。但茱帕很喜欢，她有点喜欢她在微信朋友圈刷到的购物节。她还会在不需要老花眼镜的世界里待很久。至于失业，对于一个从来没有上过班的人而言，更不知所以。她想做和乔比一样的工作，每天认识很多人，走遍世界各地就有钱了的工作。

这段日子也是马克本该给茱帕零花钱的时间，但他没有任何迹象要这么做。他每天去市场买菜，回来煮饭、泡茶、切蔬果，承担着全部家用，但他不再给茱帕钱了，不再对她说，"喜欢什么就自己去买，不够了再告诉我"。这样的话茱帕突然还想要听一听，往后恐怕再没有机会。茱帕想，也许马克是生她的气了，他真幼稚，这也无妨。往后，她也不需要使用台币了，余下的那一些，她走时会全部还给他。她只是有一些失落。为了和马克在一起，这三年来，茱帕和家中几乎断了联络，无论是经济上还是情感上。家里有那么多烦心事，逃离是唯一解脱的方法。这一次，茱帕终于鼓起勇气给母亲发了短信说："妈我想回家了。"没想到母亲很快就回复她："快回来，想吃什么跟妈说。"看得茱帕热泪盈眶。再往后，也许她就去北京找乔比了，也许她还要找一个工作。毕业之后，她还从来都没有工作过，这令茱帕觉得很害怕。

妈还说："哪里会有家好呀。"

她却不是因为母亲才真的想回家。

五

"杜鹃"台风来袭前,茱帕恐怕是最后一次来到桃园机场,她的单次入境签注已近期限,往后至少是确然的久别,时光如梭。马克护送茱帕进入出境通道前,礼貌地与她道别一下。他只是扶着茱帕,拍拍她的肩,像个长辈一样安慰她。这一个月的过渡期令他对这场爱情的终结早有心理准备。他兢兢业业当完这最后一天班,就要从茱帕的人生里辞职了,没想到这两件事同时降临时,反而让他感到轻松。失业以来,马克内心感激茱帕最后的陪伴,不然他没法度过一个人的暑假,有茱帕在,他至少不得不起身做饭,看报,喝个茶,吃个水果。没有茱帕,他一定会忘记三餐,忘记睡眠,忘记自己是一个工作了二十多年、说失业就失业的老师。马克有些想念女儿,很久没有见,她快要长大了。他那么会照护人,却不曾料理她饮食起居哪怕一天,这真是讽刺。

他始终没有问出口的那句话——"上次台风天你失魂落魄地去了哪儿?"也显得格外不重要了,那就算了吧。茱帕还那么年轻。也许很久以后,茱帕也会变成像马克这样的人。面对近乎永诀的告别,身后伫立着难以抹去的流水光阴,而心中再大的波澜,也不过是看着窗外最后的晴朗,悠悠地说上一句:"你看你运气还是不错的,天气真好,台风并没有来。"

马克最后一次替茱帕打包行李,二十八寸的行李箱被塞得刚刚好。里面装了许多茱帕平日最喜欢吃的东西,琐碎如牛肉干、话梅、果冻;家门口咖啡店磨好的咖啡,茱帕曾说过,喝过那么多家唯有这家的豆子不酸不苦最为可口;以及喉糖、腰骨贴布、够用三年五载大陆没在卖的导管式卫生巾。马克极细腻、温馨、心软,好聚好散在这个星球上应该没人能够赢他。前日茱帕特地脱下手表、耳环、项链、戒指等等马克曾送她的礼物,这些信物茱帕即使在身心游走至云天之外时都不曾脱下过一天,不是忘记,而是舍不得。但马克说:"你戴着好看,就送你了。你不喜欢,可以送人。"像又一次离婚。他就差替她备下一份嫁妆送她再出嫁。多此一举本身令多此一举闪耀着迷离的泪光。

人世间的事,总没有什么道理可讲。到底是留下什么余威,还要等着往下看。

中秋连假时,"杜鹃"强台前来助兴。新闻报道,"赏月时机到,天文馆表示,今年中秋节正好在农历八月十五",没有早一天,没有晚一天,真的是刚刚好,怎能不盼人影成双,感谢上帝。新闻里还说,此次"杜鹃"强台又胖又扎实,那么美的名字,却名不符实,它应该去缩胃,或者多走些行程,完成减肥。其实这也是少见的一次,强台袭击台湾、福建及浙江几乎没有时差。电视台的记者拿着一根油条站在风切面,油条折断了,低着头,飓风真是威力无限。

三年来茱帕第一次在家过中秋,母亲见到她简直激动坏了,所谓的冰释前嫌都是伪问题。父亲也不再与她置气,茱帕不在的那段日子里,父亲的心脏搭桥,安装了血管支架。她差一点就要见不到他。但在家面对父母,茱帕一滴眼泪都落不下来,这种久违的其乐融融,令她稍微有些不习惯。母亲端来她从前最喜欢喝的椰子水,她也觉得过甜。但她只是微笑着说:"对不起。"这三个字对父母开口居然还比较容易。

茱帕难耐焦灼给乔比发讯息说:"中秋快乐,我回来了。你在哪儿? 我可以来找你吗?"她实在有太多话想对他说一说。

乔比很久都没有回。只在隔天说了一声:"你也快乐。"

三年来,马克第一次一个人过中秋,窗外雨脚如麻。即使睡觉他都没有关上电视,只是蜷缩着填满了整个沙发。隔天下楼去全联买蔬菜时,他见到一只小猫躲在疾风骤雨之下,瑟瑟缩缩。他踩着水塘阔步回家,没想到猫咪也尾随其后,它兢兢地不出声,湿漉漉又好像失恋的人。进大楼时保全一直看着他们俩,特地朝马克微笑,马克也微笑。

"中秋快乐。"保全说,"先生,是您的猫猫吗?"

马克这才低头又看见它。它昂着头,也一声不吭地看着马克。既不逃跑,也不窜进楼,就颤抖着瞪大眼睛仰视着他,怪可怜见的。

"是啊。"马克随即进楼,朝小猫招招手。它也就自然而然地随他回去了。

"Jhumpa。"他从此叫她。可惜团圆今夜月,清光咫尺别人圆。

茱帕找到了乔比工作的报社,乔比刚好不在社里。一个女编辑接待了她,和颜悦色,说:"你就是茱帕呀,你这是回大陆了啊。还走吗?"茱帕心头一紧。她是谁,为什么会知道自己的名字?编辑显然也觉得有些唐突,于是转身找了一张报纸递给她说:"出刊了。你看看吧。乔比写得还是挺好的,他可是我们这里最好的记者了。半年前他特地去台湾做陆配的访问,还写到你了。台湾的问题也真的是复杂,没想到陆配是那样一个社交圈。特别真实,看上去嫁得都不好,又不愿意回来。还有男陆配和女陆配珠胎暗结什么的。对了,你的问题我们也仔细讨论过,不过乔比坚持一笔带过。只是想强调说,原来还有这样一种人生活在台湾。既不是学生,也不是配偶。台湾这个社会还真是无奇不有,有无国籍公民,也有双国籍公民。开放嘛。是吧。你应该不会有什么意见吧。其实真的写得不错,希望网上的点击率会高一点。这样我们就能叫马克请我们喝奶茶了。"

"他去哪儿了?"茱帕颤颤地拿着报纸问。

"别着急,他很快来了。送孩子上学。"编辑答,"北京的交通真的,哎,甭提了。不过记者也是毫无时间观念的人。我跟他说过你来了。再等等哈。很快就过来。你要喝什么?咖啡还是红茶?"

茱帕在原地呆若木鸡。久久说不出话来。

白观音

一

寒流来袭,元旦的气温冷出世故的寒意。整个城市苍白得很,好像蒙着雪霰,只有等春天来临,才能显出真正的形貌。

早晨,邮递员递来东京的包裹。里面有两盒口罩,偷带了两盒试剂,没有被查扣。她叮嘱母亲,以后日本的包裹不要接收,就让它退回去。母亲看了看地址,没看懂,撇撇嘴说:"人家也是好心。你又何必那么抵触,还当自己是小女孩吗?"

她显出烦躁。撕碎了报关单。

母亲又说:"外面那么危险,买什么都买不到,你还不要用。"

她说:"你可以用啊。"

母亲说:"你也不小了,也不为未来想一想。"

她说:"我天天跟你住在一起,还有什么未来可想。"

母亲倒也没有生气。母亲只是想用口罩却买不到而已。

夜里,她恍惚梦到中野正贵的摄影展,时光倒回1990年到2000年。从台场、新宿、银座、涩谷,到青山,没有一个人影。整座城市被洗涤干净了所有的人味,只剩下空洞的忧郁。那是属于建筑的诗意。灯还亮着,像被遗弃的希望,在原地等待。东京都厅第一本厅舍长廊里幽幽泛出绿光,不知光晕里二氧化碳的浓度是多少,也许很低,但它总该有个数字,象征现代文明的生命指标。

城外草木疯长。自然的生机从人类的手中夺回了难得的自由。

2020年1月26日,中野正贵在东京都写真美术馆的展览闭展。隔墙,隔墙的另一个空间,则展示了另一位艺术家拍摄的一千只婴儿的眼睛。不是一双,而是一只。这一只只眼睛曾好奇地看过局部的人间。凝视它们,令她感到了刺目的惊骇,像无法给他们交代。她宁愿从闭展的图像里,再次进入到那个悬浮的空城。在那里,她能感知到不可言说的力量,破坏的力量,悄然登陆了她的身体。它们也登陆了其他场所。从街道,到公路,到边境。

人们忧伤惊惧的表情,艺术家将永远捕捉不到。只有声音,存在于摄影之外。它不断流动,流动,杂音,流动,低吟往日的市声。艺术家的心灵被蒙上了雪霰。画笔搁置。常态的生活细节停留在事发之前，画板之上，镜头里，声带与丹田。

醒来时，她一点都不记得"中野正贵"四个字，也不记得写满 trompe-l'oeil 字符的卡片。她只记得自己好像去了一个城市，城市里有不连贯的汉字。奇怪的是，那座城里一个人都没有。他们背着她收到了必须要隐匿的通知。当然，也可能那座梦境里的城市拥挤着痛苦的人，但她看不到他们，他们也看不到她。他们变形的脸正一点一点变淡，痛苦也因此在他人的视觉中减弱。她和这座城市的其他坚固的物质一样，成了烟消云散后残余的景观。他们也看到了她正从肉身变为透明的全程。

最后她只剩一段意识。醒来时她只剩下一件事可以做：记住那个标本般的空城。

现实里从没见过。

二

时间倒转至2019年6月22日，豆瓣有个叫KFK的人说他自己是来自2066年的未来人，KFK并非是名字的缩写，他出生在2020年的上海,是个男的,后来到了宁波,最后在2048年的时候移居到了澳洲。他在四十岁的时候,也就是2060年,通过时间旅行的方式回到了2019年,也就是他出生的前一年,目的是为了给一个人留下一些信息,这个人是个女的,而究竟是谁他也没说,他说他想通过这些信息来改变这个人的未来。

三

很久没有回自己家。

回家的感觉真不好。阿琳甚至瞬间想起来在少女时期,母亲曾让她跪在地板上,发誓自己要听话,一定要找有钱人,老头子也不要紧。当了这么多年废人,每天醒来就是和母亲聊天,买东西,做点心。如今打道回府,就是一脚踏回深渊,变回原形。

母亲放下行李,就让阿琳先把观音菩萨供起来。

阿琳心想,是菩萨您保佑我们搬回来的吗?菩萨,你自己都越住越差了哦!

她从拉杆箱里取出菩萨,想要踮脚放上柜子,又发现橱柜里都是灰,灰里还有垃圾,垃圾里还有陈年的口香糖纸。

于是先把菩萨放在一边。菩萨的身后还连着电,插座在哪里?那个三眼插座,曾经因为插不了国外带回来的电子琴,让母亲困惑了好一阵。电子琴,电子琴不会还在床底下吧。天啊。阿琳心想,岁月什么都没有带走,只留下陈年垃圾。

从滨江退房的过程并不顺遂,简直像落荒而逃,房东的脸色好像阿琳童年时见到过的狱警。那还是在释放父亲的那天,母亲拖着她的手在一边嘤嘤地哭,她心里却很期待。父亲见到她们没有任何表情,也没说什么话。只有母亲的眼泪似乎在告诉别人,他们是一家人。母亲做梦都想不到,父亲出来以后,居然会抛弃她们母女。也许父亲并不珍惜这段被人等待的日子。他觉得自己就是倒了血霉。他怎么也想不明白,为什么自己就是一个开卡车的,一根烟的工夫谈了个开夜车的活,居然会成为一桩绑架案的同伙。他甚至都不认识车里那两个出城去收账的人。那么多偷油的司机不抓,抓了他。那么多恶人都在外面,他老老实实开车,反而被判了刑。出狱之后,他只想去报仇。砍了那个骗子的手,丢去化工厂炼油。

大部分没仇可报的时候,他就喝酒。喝完了揍母亲。但他不揍阿琳,他不觉得阿琳和他有什么关系。再后来,他决定要出门去报仇,边打工边报仇。因为和仇人不认识,仇人没找到,却找到了爱情,虽然开始时也不认识。女人对他来说就是湿手沾面粉,他是手,女人家都是面粉。阿琳后来见过他,觉得他越长越像吴彦祖。没错还是帅的,一个过于英俊的老头,坐过牢,脸很臭,一事无成,但愿意为年轻刁钻的老婆做饭(他从不给她做饭)。父亲是他们一家三口中距离爱情最近的人。他走了,爱情也离她们而去。他最后一次见到女儿时对她说,他老了,因为糖尿病需要人照顾,已经和生活和解。毕竟过去了那么多年,想起来案子并不复杂。人死在他车里,人确实不是他杀的,都没有搞错。"记住,不要跟有权有势还懂法律的人说理,你永远搞不过他们。他们都是流氓。"父亲说这话的时候,好像自己做流氓并不太得志。

"腊月里,就给一双纸拖鞋。你懂不懂。不出三个月,膝盖筋骨就冻废了。这也叫法律。你懂不懂。"他说起人生道理的时候,眼球瞪很大,好像甲亢。他说完这些就叫阿琳快回家,他老婆要回来了。女人烦得很。法官是坏,女人是烦,人生没意思。

阿琳饿着肚子回家跟母亲说:"父亲膝盖废了,现在坐着炒菜。"

母亲想了想说:"那他现在住几楼?"

阿琳一声叹息。她原来还是爱男人。多少顿的打都打不醒。

的朋友,骂东骂西,最后说:"她们老是问你有没有结婚。以后我不去了。"

她说说而已,她还是会去的。她只是介意女儿永远领不到那张证。她甚至从来不期望她女儿成为电影明星。她总是说:"我们这样的人,就是抬不起头的。"母亲偶尔夸阿琳腰细,希望她保持下去。"你现在年纪上去了,也找不到更多优点。女人就那几年。"

阿琳有时恨她,但不强烈。她觉得母亲不像是个正经人,虽然她看起来是那么朴素,唠叨,忙于家务,烧香拜佛。阿琳捉不到她把柄。但她确信,她比他还要坏。阿琳对母亲说,她不想再演戏了。母亲问,为什么?寒冬过去就是春天了。阿琳说,我最后一次演露露,好像在眼前看到了菩萨。母亲说,就你这种心眼还能看到菩萨?阿琳说,真的看到了,菩萨还说话了。母亲说,菩萨倒是不跟你计较,菩萨跟你说什么了?阿琳说,菩萨说,快走。

社区里没有几个人知道阿琳的背景,还以为母亲是那个人的老婆,那个人是她不常见的爸爸。就连急诊间的人都这么认为。护士对半夜尿道出血挂号看急诊的她说:"叫你爸爸去付钱。"那也是唯一一次他真的像她们家的亲人。他对阿琳说,他演出公司倒闭了。她学着母亲教她的话说:"不要紧的,我会陪着你的。"他说:"你们在周浦是不是还有一个房子?"

她学着母亲教她排练过的话:"那个房子妈妈说不好卖的。是妈妈的。"他说:"你们最近可以搬过去吗? 我没有钱了。"

(母亲安排的剧本是,此时你多少还是要再问他要一些钱。你就说我们需要装修一下自己的小房子。)

社区里开进货拉拉的时候,保安都低看她们母女一眼,呵斥她们小点声,赶紧走。奇怪,这些年,他们就没将她们当过业主吗? 谁是主人呐?

他没有钱了,并不是一个秘密。当然他也不会一分钱都没有。只是他已经很久没有往家里拿钱。母亲也抱怨他没有拿钱开销。房东上门过几次,让她们搬走。母亲总说她们家信佛,不会抵赖的。她们还在普陀山的云朵里,看到过观音菩萨的笑脸。那个脸,只有心诚的人才看得到。母亲说,她和阿琳都看到了。同行的很多人,都看不到。那时候日子真好过,她们每年还能领到旅游的钱。在游船上、爬山缆车上,母亲会对阿琳说:"妈妈没白养你,你是个孝顺的孩子。他也是很好的人,一般人不会接受你带着妈妈住在一起,提前带妈妈过上好日子。妈妈跟朋友圈里的小姐妹讲,你带妈妈旅游,钱是男朋友出的。她们都很羡慕我。"阿琳心想不是你逼我这么跟人说的嘛。其实她也没看到过什么观音菩萨的笑脸。她心并不诚,看不到也很正常。

阿琳心里想,观音菩萨可能还是喜欢男的多一点,不然为什么不叫"送女观音"。观音菩萨又喜欢收干儿子。她觉得自己和观音菩萨没什么好说的,不过是客客气气点头之交。但看到很多人跪在地上呜咽着跟菩萨说话,阿琳又觉得很感动。人总是想要找人说说话。哪怕那个人并不可靠,只能靠上一阵子。

她已经不会去想,她和那个人睡觉的时候母亲在干什么。他回来不过是为了睡觉。母亲应该比她更知道。母亲只对她说:"你不能抛下妈妈,自己享受,不然会不得好死的。"

她没有抛下她,是她们一起被抛弃了。

"啊!"阿琳突然尖叫,侧身再去救观音,时间晚了一点。观音娘娘的手断了。

母亲随后也尖叫起来,恶狠狠甩了阿琳一个耳光,连忙抱走了观音,嘴里念念有词。大体是一些道歉的话、求原谅的废话。

阿琳则紧握着菩萨的断手。她感觉到了断裂和光滑的力量在她的手心汇合成祝祷的姿势。

四

KFK 未来人穿越到了日本,但是他对日本的预言很少,只是提到了地震,和东京奥运会的延迟。在 KFK 未来人预言中提到一项,就是在2031年会爆发第三次世界大战。有人问他,来的时候社会主义建设到哪一步了?KFK 回答:"我来的年代,朝鲜、古巴都已不再走这条道路。"有人问他,为什么要来2019年?他说:"希望2019年的人能记得,那年是你们最美好的一年。"许多人指出,他是个骗子。因为继未来人 KFK 之后,豆瓣上出现了一位自称来自2071年的未来人,该"未来人"在11月2号发表了一条信息:11月时伊朗会发生油库大爆炸。过去的数日,在11月20号时这天伊朗果真发生了油库爆炸。

问:你出生在哪一年?

KFK:2020年。2019年是比较特殊的一年,也是我出生之前的一年,我来这里看一下,并且我想对2019年的人给予一些善意的提醒。

五

W 市国际机场的灯光总让人感到忧郁。深夜航班不管从哪个位置下飞机,都能遇到一段不能照明的路。阿果筋疲力尽抵达航站楼领行李时，心中已经有些后悔。尤其是饥肠辘辘，令她有了很不好的预感。饥饿会令人犯罪。

阿果想起本来还有两个柿饼可以吃一吃的，是房东太太自己做的柿饼。临走前，她塞到她包里，让她在路上垫垫饥，可她不喜欢那个味儿。房东太太是偷带这些植物种子到伦敦的，自己种花种菜还施肥，前一个礼拜做的是韭菜饼，还有火锅，专门给她送行。房东太太是个热心人，最大的缺点就是做饭难吃，做饼还好一点。阿果本来想最多要一个饼就够了，但这就少了"柿柿如意"祝福的味道。一个都不要，又怕绕开了"事事如意"以后会触霉头。（然而往后触霉头的日子还会少吗？）房东太太一个劲对着她叹气，说花钱出来还没见过回去的，怪她太年轻冲动，发小孩脾气。但另一方面，阿果也感觉到，房东太太其实希望她快点搬走，不要给她惹麻烦。房东太太好不容易装修好了自己的房子，无非是想收点租金还房贷，现在被警察盯上，三天两头上门，她也有些扛不住。房东太太只是没想到，阿果会选择回国。那之后，她是打心眼里可怜阿果。阿果心想，本来还决定带着那两只柿饼的。可是这怜悯实在让她不悦。索性都不要了，不欠她情。他们又不是不交租。没有她两个柿饼，这一路回家难不成还能饿死吗？

机场的低温，令她恍恍惚惚坠入了带着寒意的梦境。梦到的,却都是甜美的场景。过生日、买东西、儿子说想她,零星的身体的高潮。她的人生,仿佛是在伦敦展开的。但在伦敦,她人生的每一个细节,都不能细说。不能细说,也不代表瞒住了所有人。他们在她背后说,议论她的选择,大都表示同情和遗憾。这种同情是真切的,就仿佛她即将毁灭了一样。

她毁灭了吗?

(此刻还没有,未来谁知道。)

丈夫和儿子果然都没有来机场接她。

这也是想也不用想的常态。奇怪的是,以前她不会感觉到有什么异常,这次反而觉得格外寒心,好像从天堂里掉落人间。阿果一个人拖着七个大箱子,狼狈打车。行李太多,又叫不到车,只得坐在地上等天亮。这种感觉似曾相识。不久以前好像也有过一次,就是那一年她决定离开玩具厂,想要从广州再出去更远的地方打工。在火车站里,她也是这样坐着,等着。还有跟她长得很像的人,一样坐着,等着。有时火车站工作人员会来查身份证,有时也不查,有时来查时,阿果喊一声"刚刚不是查过了?",工作人员就走了。不过那时,她还挺年轻,心里满怀希望,总觉得离开了这里,好日子就在后头。外面的世界,就是金山银山。如今则没有这样的感觉了。她好像已经把这一辈子的好日子都过完了。只想回家，看看孩子，过太平日子（"哪有那么容易的事"）。她想起房东太太对她说的重话："你一定会后悔的。"

她倔强地说："我没你那么狠心，我喜欢我老公的。"房东太太诡秘一笑，说："别逗了。"

那七个箱子里，有她这四年多来攒下的名牌包、名牌化妆品、金银首饰、没什么机会穿的衣服，毕竟在家接接电话也不走路。为了瞒住些事，她也没什么朋友（其实大家都知道）。阿果唯一的朋友就是房东太太了，因为只有她们一直待在家里。可惜，房东太太是她最不喜欢的福建人，做饭难吃还肯吃苦，让人有压迫感，觉得自己干啥啥不行。她们福建女人简直把最脏最累的正经活都干完了，宁愿累死自己，也要害得别人都没活干。她要是肯吃这么多苦，读书学习就好了嘛，谁还要出来打工。光给蛇头还债就还了两年。

不过，她到底是回家了。回自己的国家，不必再面对英国警察的追查。

阿果生完孩子以后，从汉口老家去广东找工作。人家都是男人出去打工，可惜她男人不喜欢工作，她只能自己出来。兜兜转转找到一间玩具厂，十六个人一间宿舍，工资日结，八十一天，每天出工要带好碗筷。每个车间三十多个人，全都是女的，她问拉长，怎么都是女的？拉长说，我不是男的吗？后来又说，女的手巧。出来打工之后，阿果才知道有那么多女的在外面做玩具。广东东莞有那么多玩具厂，甚至还有很多跟真人那么大的玩具，可以送到日本。大部分都是做女人，越是隐私的部位，做得越细致。不知客户买来做什么用。当学徒时，她一个月才五百多块收入。后来慢慢好一点，可钱还是太少了。阿果最受不了的还不是钱的问题，而是整个工厂都弥漫着一种恋爱的气息。不管是安装工还是绘画工，男青工还是女青工，打工多少都为了顺便找对象，临时的也行，有时还要吃醋打闹，很幼稚，又很激烈。没人把日子想得更远一些，例如讨论如何赚更多的钱。阿果对男欢女爱还有点兴趣，但确实已经不需要找对象了，孩子都生完了，别的男人看她也不像在看女人。就连车间拉长年纪都比她小，靠不住的样子。男人都喜欢小姑娘，对十八二十的男人来说，"小姑娘"就要更小了。他们都不是东西，这阿果倒是早就知道的，并不是出来干活才学到的。有时她会庆幸自己生了儿子，可以少操心很多事，反正当母亲也不会什么事都跟儿子说。她总不见得跟儿子说，你爸就是个人渣，干啥啥不行，越不行越要干，心里越怕，越要证明自己。搞得跟女人睡个觉还要吃药，吃了西药，还要吃中药。浑身上下，都一股药材味。不知道的，还以为他真有病。他就是心病，知道自己啥也不行的心病。

　　阿果的丈夫在乡下汽修厂工作，对外她会对人说，因为老公比较细心（也可能是懒惰），方便在家带孩子。2015年，阿果经人介绍，花了十五万，从广州出发去伦敦务工，签证都是合法的，没吃什么苦。落地就见到来接机的老高，没想到这一相逢，会成为她生命的转折点（而不是老高的）。在车上，老高递给她一盒饭，温热的。热情得像爸爸一样，仿佛不是来接客户，而是来接上学的女儿放学回家。

"怎么会有这么好的事，像旅游一样。"阿果当时心想，"果然是树挪死人挪活。"

几年后她才知道，不是每个人都能得到这样的待遇（只有女的，年轻女的，起码比老高小二十岁以上，老高1964年生）。到了外国，年龄的压力就变小了不少，她不再是玩具厂的老阿姨，而变成了新鲜的、刚从家乡来的、啥也不懂的年轻女的。即使是和老高同居的四年中，每次有女性登陆，他都亲自去接，亲自去外卖店买食物。他就是为做这种事而生的。取悦女人、得到女人、赚快钱、取悦女人、得到女人……

老高热情接阿果，为她介绍工作，开始是每周两百镑收入的兼职保姆、五百镑收入的餐厅楼面，最后，成了周入八百镑的接线员，时间长达五年。每天要做的事，就是用最简单的英语报地址。需要接的电话都是老高安排好的。老高还负责她的生活，她没有多少日常花销，过节还有礼物收。用这些存下来的钱，阿果给家里盖了房子，给儿子买了玩具,也给无所事事的丈夫足够的嫖资(当然这真相是后来才知道的)。丈夫对她极不信任,每天都要给她打视频,有时她能从他的语气里,听出他并不希望她回国,这反而令她想回去。有时她又能听出丈夫需要她的钱,那一定是一个具体的数额。儿子,就是他的翻版。不是要钱,就是懒得跟她说话。她不怪孩子,她离开家的时候,孩子还不会说话。她逃脱了抚养的义务,她也挺喜欢在英国轻松的工作,那比在玩具厂强多了。如今她一个小时,就能赚到玩具厂一个礼拜的钱。

  打包行李的那几天,她终于要和老高告别。两个人也不再遮遮掩掩,各自打电话也不再需要回避。放在以往,老高给老婆打电话,阿果都要收拾好桌上的化妆品。她给老公打电话,老高也会出去抽烟。他们是镜头里的一夫一妻,镜头外的男盗女娼。老高一个人打电话,阿果就怀疑他勾搭女人。最后那几天,她也不再怀疑了。怀疑有什么用,是她先受不了要走的。老高留下来,总会有新的人,他就是那种人,他和她乡下丈夫可不一样,老高那么会照顾人。曾有一个晚上,他们去警察局报到之后回来,路上决定要亡命天涯。说起这个提议时,老高的眼睛红红的,好像鳄鱼的良心发现。他们甚至决定退房,要把租金结清,这让阿果觉得,他们这些年,可能有过一些真感情。老高说计划就计划,他决定先去曼彻斯特，找认识的正骨老中医，安排地方住下来，等等看警察会不会认真找他们。等时机成熟，再想办法把联络点搬到曼城。房东太太听罢很感动，感动里又有困惑，困惑里还有莫名敬意，这种敬意来自"你那么十恶不赦，还百分之八十有逃跑嫌疑，警察局居然会证据不足同意保释，一定是有大运气"的猜测。当然猜测只是猜测。在房东太太看来，老高不过是一个聪明能干又好色的男人。他要是能把力气花在正道上，可能是个不坏的人，也能攒下钱来成为一个体面人。可是，容易的钱赚多了，谁还会把力气花在正道上呢？如果不在乎别人怎么看，体面又有多大意义呢？

阿果和老高第一次来看房间时，房东太太问阿果是干什么的，阿果支支吾吾说不清楚。老高替她说了，接线员，接电话的。房东太太问阿果，接线员付得起租金吗？阿果说："别提了，就是钱太多被举报了，我们才又要搬家。"房东太太才大致了解，这个接电话不是一般的接电话，这个电话是拉皮条的电话。拉皮条是唐人街的刚需。即使伦敦封城、气候恶劣，电话铃声也连绵不绝。

"那我能接电话吗？"

房东太太有天随便问起白天无所事事的阿果。阿果说，你接了人就懒啦。房东太太没有问，"那你自己接过客人吗？"她可决不是没有往那里想过。可惜阿果的眼神里有很多令她看不透彻的东西。这是老乡的眼睛里足以克服的"不可信",到了异乡人那里,就始终看不透。

"她一定会后悔的。"

房东太太给自己儿子打电话的时候说。刚好被洗完澡的阿果听到了。房东太太家里网络信号很差,这在一定程度上帮助了一对临时情人每天和家里通话时得以断断续续、遮遮掩掩。房东太太又喊了一遍:"我是叫她不要回去啦!她又不听!她一定会后悔的!"阿果断然关上房门,发出"嘭"的一声。老高刚好在打电话,见她进来说:"没事啦,我女朋友吃我老婆的醋,她脾气没你好啦!"阿果把湿漉漉的浴巾泄气地甩到床上。

"你怎么也不再等两天,等我走了再找人。就差这么几天吗?"阿果说道。

不过这一回,她并没有真的开吵,她觉得很奇怪。老高趴在她身上做爱,她问他:"你有没有感觉很奇怪,我以前都听不见房东太太打电话?"老高喘着气说:"没事啦,你太敏感,她就是找人聊天。"老高的身体非常光滑,这和他衰老的脸并不一致。阿果太久没见丈夫,她甚至有些想不起丈夫的身体。而这一夜,她努力想着他们两个人的脸,各自从她身上汲取他们想要的东西,钱、子宫,或者年轻二十岁的湿润阴道。她觉得自己的脑海中,有一个非常刺耳的音波,在不断干扰她、提醒她些什么,但是她听不清楚。接着,老高吃力地从她身上离开,仰面问她:"你还想带点什么回去吗?"

那是她最后一次做一个老蛇头的情人。她又要了个包。老高隔天出门给她买了回来。她直接打包在了行李箱里,连照片都没有拍。

2019年12月,天气很冷,老高叫了外卖店的采购车送她去了机场。她要先到武汉,再回汉口。她身边还有点钱,比起在广州玩具厂时情况好多了。她不怎么害怕,现在的人,怎么可能在国外打一辈子工。

在希斯罗机场,她做了一个让她非常后悔的决定,就是又给老高打了个电话。她不过是想到春天的时候,这个机场发生过爆炸,她感到有些害怕。另一方面,五年前,她是在这里第一次认识他的,他还给她带了一盒温热的饭。电话那头,传来了蹊跷的声音。老高虽然强作平常,阿果依然能感觉到他身边有人,只是不确定是在他上面,还是下面。他客客气气祝她顺风,客客气气祝她余生都顺风,客客气气忘记了那个有情有义的夜晚,他们有过的、要一起去曼彻斯特的夜晚。

应该带个柿饼的。也许应该带两个。阿果心想。

她咬咬牙,拿着登机牌,上了飞机。

(I elect to stay.)

可惜她听不见。

"希望2019年的人能记得,那年是你们最美好的一年。"

可惜她听不见。

六

50. 问:大清药丸了吗?

KFK:我通过数据分析后,才理解你这句于2019年才能明白的古语。我这里的数据结论是2048年。

97. 问:2020—2030年会过得很艰苦吗?

KFK:有的国家是。

60. 问:你是 male 还是 female?

KFK:在2060年我是男性。进入时间旅行的时候,不再有性别。

101. 问:你的穿越已经改变了未来,所以我们拥有的不是同一个未来,对吗?

KFK:我的形态和你理解的穿越并不一样,所以我不会改变未来。并且不会有人真的相信我,但我会在这里提醒我想提醒的那个人,直到几十年后才会对她造成影响。

128.问:从2060年回望过去,是什么样的体验,是会觉得像民国一样,还是觉得像原始人一样遥远?

KFK:你们在2019年开心的事,在将来都不会再让你们开心。你们在2019年烦恼的事,在将来都不会再让你们烦恼。你们在2019年认为的事,在将来都不这么认为。

213.问:这是一个特别的时代吗?

KFK:是的。

七

2020年5月,一个女孩和一个男孩分别出生在上海市静安区。男孩的眼睛,被父母单独拍摄下一只,挂在他出生的房间。这一只亮亮的眼睛,好奇地打量他看不全的人间。他看我们是局部,我们看他,也是局部。从他家的阳台前边,看得到一片浅浅的沼泽,开着淡粉色的花。花开得多了,就仿佛泥土和阳光里的阴影才是能被风吹到颤动的样子。

女孩，在另一个阳台，被母亲温暖地环抱着。一天，窗外飞来一只鸟，雪白的身子，颈上一圈红，它轻盈地停在窗沿。那是女孩这一生第一次看到鸟。她小小的年纪，还不认识鸟，不知道鸟的历史、喜好，它们族裔飞翔的繁荣。

因为鸟的到来，她的画家父亲突然表现得很兴奋。连续几日，他都在画一幅错视画，画里有一段记忆。在女儿小小的闹钟镂出了飞翔的意象。鸟却不是第一次认识她。

鸟的身体里，装载着密密麻麻的意识，关于她所经过的瘟疫、战争，炸毁的佛像、坠落的飞机、空寂的大都市。女孩已等不及看完它深邃的细部，就沉沉睡去。

醒来时，父亲已经替她画完那只标本般的白色大鸟。红色的颈子洇染至眼圈，仿佛血痕。现实里从没见过。

父亲说，它来自未来。它来看一看，它在未来里见过的朋友。

煞尾

一

原来从伦敦直飞香港就可以从深圳口岸入境回广州父母家，仅一线之差，飞机抵达的前一日，深圳湾口岸封关。于是，昊辰全副武装、三天三夜没有合眼，经各种中转后开始隔离又隔离的日子。那一个月的时光，就像换季时从收纳被褥的袋子里抽出的空气一样，是多余而无用的存在。

几乎每一日，昊辰都被困意囚禁在既不中国也不英国的时间，刷着隔离群内的信息，看外国人因为手机没有安装微信和支付宝而无法购买食物。瞥到伦敦留学群的同学们继续被取消机票，或又找到了更高价的回国方案，发现大家好像都比他从前认识的样子更有钱。有人因为抗体检测结果不一致，兜兜转转从赫尔辛基又回到伦敦，为了回国而转机，转机失败又回来，重新自我隔离十天。几百镑的检测费用打了水漂，时间还被偷走了，什么也干不了。群外，依然有人在酒吧夜夜笙歌，以肉身实践"一切看天意"的赌性。那些自我隔离也好像是虚拟的，是一个隐喻。隔离者处处心知肚明，又处处可以逾矩。整个过程，只是为了反流动。想要流动，就需要支付昂贵的成本，赌一把不确定的结果。最后做出了一个在胶水中费劲流动着的意图。

昊辰能顺利回国，恐怕也是这晦涩"天意"的一部分。一时间没人能读懂它和命运之间的许诺。在广州的父母总能从保健群组或旅游群组里挑选出令人焦虑的讯息不假思索地转发，例如某某名人出机场有绿色通道完全不用隔离就直接回家，又如某某部队大院突击来了不少防护人员不知道是不是出了新病人。父亲已经被封号三次，每次都辉煌复活，再度亢奋得好像大病初愈。他好像很享受这个过程，"儿子，新号，加一下"。疫苗该不该打，灭活到底是什么意思，阴谋与恐慌伴随着手机使用而存在，即开即用。谁都不知道，后来广州真的遇到些麻烦。打疫苗的盛况好像楼盘开幕、学区房摇号。只有保险代理和留学生代购的朋友圈以超强的意志力坚持着岁月静好，每天热情洋溢喊着"早安""晚安""今天又是崭新的一天"，仿佛活在新冠病毒笼罩的纪元之外。

大部分手机讯息，昊辰都不回复，烦，他佯装正在倒时差，这虚构的"时差"一倒就是两个月。除了在视频里见见父母和女友，昊辰没有必要再发出任何人类的声音。这反而使他获得了前所未有的自由。他的孤独是被高昂的经济成本维护好的壁垒。他甚至对这种隔离的处境产生出谜样的依恋，比起回国前和回国后，他能预感到这种因离岸而产生的清静是一生中难得的修整和停顿。这一个月曾/将是他（这样一个普通人）生命中孤岛一般的存在。非常扎实丰富的三餐、安静的睡眠、没有市声、没有工作。那种感觉，就好像他最后几个月在 Camberwell Church 附近的小公园散步的场景。无人打扰地思考着寡淡的人生。伦敦并不像很多人传说的那样终日郁郁寡欢，偶尔会有美好的下午，可以坐上无人的秋千。荡一会儿，就会有小黑人过来帮他推秋千，完了，他会再让你推他。昊辰知道附近有一家越南菜很好吃，但是没有人诉说。因为没有人可以说，反而像一个私密的谜语。继续推着黑人小孩，互帮互助，不言不语。

在此之前，昊辰在满箱拒信中收到了一个来自上海的 offer。时隔一年看，这个教职挽救了他濒死的爱情，甚至，彻底改变了他的命运。他无从判断这种"挽救"是好是坏，如果没有它，也许他会滞留在伦敦，就和其他学生一样，受着互联网传递来的夹板气，等候封城，等候解禁，"心知肚明"在城里自我隔离地走来走去。他用手机维持着最低频度的恋爱指标，到点打开视频，到点再掐断视频。转眼五年。谁都没想到，这五年过得那么刻板又稳健。甜蜜是说不上的，只是机械化的稳健。保持通讯的过程，就像昊辰小时候看的太空电影。宇航员和地面上的家属保持通讯，殊不知，自己是被克隆的第六代工具人。那些"家属"的影像只是欺骗他们继续奉献劳动的伎俩。真实的家人早已老去、消亡，唯有这地球之外的时空体，还存续着一点点情感的遗迹，让人反复练习、反复观摩，渐渐形成对于人类情感风俗的建构与复制。他有时想，女友是不是个骗术，她是不是虚拟的，她是不是已经不在了？

"爱你哦。晚安。"但是他说。

二

爱情在这个时代里越来越像中晚期老年病人喉管中的那口痰液。那些失去生命活力的病人，最终会死于某种堵塞、衰竭。反正不是这根血管，就是那个器官，不是这口痰，就是那口痰。若是垂死中途被某个环节（也许是机器或者他人的察觉）救起来续命，病人远不是健康时的感受，而是被慢慢地驯化为向死而生的过来人，满脸写着可疑的释然，和作为报偿的感恩。也有偶然的情况，例如危机的状况突然就熬过去了,就连医生都解释不清指标为何突然好起来了,解释不清是做对了哪件事,或是做对了哪些放弃。因为做出同样的判断,有些人就没能逃脱死亡的召唤。一切都看起来那么合理,又那么偶然。

他是这场爱情死亡游戏中的幸存者。他知道他很快会看到鲜花掌声、立体金色的烟花呈现在命运的滚动银幕。他即将去接受这场"祝福"的仪式。只有每天排泄完往马桶里丢"清洁片"的时候,昊辰才清楚意识到自己并不是在度假,而是在被检疫。然而这间隔离病房长得太像他和女友最后一次开房约会的旅馆,这真令人头痛。

两年前,女友在这个布置相似的小房间里,向他发出"结婚"的最后通牒。说"最后"倒也不那么严格,类似的通牒,他收过不下百次,在潜意识中早已形成抗体。这抗体时阴时阳,在不同的国家会有不同的检测标准。有时他不得不打道回府,有时又莫名其妙过了关。即使是从前暑假,两人在酒店约会,他也会珍惜每一次在厕所里多待上一阵子的契机,刷一会儿手机。女友明里暗里传递来温柔的毒药,例如,"你不觉得每次都出来开房开销太大吗?"他戴上耳机,一切噪音就消失了。

那种偷来的幽闭愉悦,就是他心中亲密关系的最佳隐喻:不是没有关系,也不是有确定的关系。他还有一点点自我,是偷来的。他需要从"关系"中凿壁偷光,盗取出一些自我来。只有偷盗,能让他感觉自己还活着。不然自己只是别人的儿子,别人的性伙伴,别人的爸爸,或者别人的职工。他到底还是一个东亚人,东亚的懦弱、压抑和天生的责任感像浑然天成的诅咒般,催促他模仿无数自欺欺人的年轻人,在求偶期适当限缩自己的诉求,展示他人心中的"进阶"风俗。完成一段旅程之后,收获一枚勋章。每进阶一次,都能获得健身环里打败巨龙多拉贡(通关后才知道原来是 dragon 的读音,而且打败它并不能真的减重)时金光灿灿跳跃的 VICTORY 欢呼字符。这很"传统文化",很"唐人街",很"虚拟",很"祭祀"。

"进阶",恐怕是此地人类最喜爱的风俗之一。

离开伦敦时,昊辰千方百计从私立医院获得的核酸检测证明,到机场、隔离饭店、居家隔离的另三次核酸检测,就像是一种过关斩将的进阶历程。为了以防万一,他还在公立医院做了备份的核酸证明。自己预约,自己完成,他十分确定,自己的报告是假阴,因为他根本没有认真捅自己的鼻孔和喉咙。好在报告是在他落地之后才收到的,报告的结果是:"阴",VICTORY,他又拿到了一个虚拟的"进阶"。(此处应有罐头掌声)

昊辰不太理解女友对于婚姻的渴望,女友也不理解他为什么可以喜欢着她同时却不喜欢结婚。他们都把恋爱当苦行，发自内心地相信着苦尽甘来，这乐观是中国式的乐观，保佑我们的心灵不会酿造真正的悲剧，不会去质疑有些甘甜的存在，其实根本不需要用吃苦做交换。

两年前，昊辰鼓起勇气问了女友一个问题，这个问题使得那场告别仪式感超强的约会瞬间清洗了性的意味。他们两个人，在一张桌子前，仿佛朝韩在喊话，有历史，有威胁，也有"算了还是明天再说吧"的共同诉求。喊的那些话，也不过是粗略表明战争还没有结束，可以先和平起来。他喊："你觉得结婚有什么好处？"她喊："至少有一个好处，就是不会再被亲戚说你俩怎么还没结婚。"他喊："还有第二个吗？"她说："没有第二个好处。"他喊："只有这一个好处，那为什么还要结婚？"她说："因为不结婚就是会被人一直问一直问。"他喊："可是结了婚就变成夜深人静时自己问自己我到底为什么要结婚。"她说："哇你好像屈原。"他喊："屈原是同性恋。"

他其实什么也没有喊。他们背对背睡了一夜。没有做爱，也没有说"晚安"。第二天女友送他去机场，嘤嘤嘤地哭了，说"你真是个渣男"。他问："为什么？"女友说："网上的二级心理咨询师都这么说。"他就笑了，心想，心理学的工作一定很难找。

"我还付了十六块钱……"

（比结婚证贵七块那么多。）

三

人文学院设于学校的角落，出门就是韩国街。整个学期，韩国街只有一家餐馆营业，卖的食物也是日韩混杂，和伦敦很像，不是东北人开的，就是福建人开的。办公室有四位同事，常见的只有一位，在日本拿的历史学博士学位。见面第一天，他就很抱歉地表示，自己不爱干净，希望如果影响到昊辰可以提出来，但他不一定能改。

"要是能改，我也不会单身至今……不过一个人也挺好，"他又补充道，"你是一个人吗？"

"我结婚了。"昊辰回答。

"英年早婚啊。"同事自以为幽默地说，"我们在升等以前很难做出结婚的决定。"

升等和结婚有什么关系。升不升等都可以不结婚不是吗？昊辰心里这么想，但自觉没什么资格说出口。

昊辰后来听说，日本博士是早半年进校的师资博士后。他口中的"我们"和"升等"，都说不清楚到底指的是什么。

这种感觉就像太太到处对别人说"昊辰是因为我才回国的"一样，一时间令人找不到合适的表情包来传达内心的复杂感受，总之，既不能共情，又不忍心不共情。

他们每天的工作，就是备课、填表、找领导签字、开会、提意见、泡茶、和学生做交流、包饺子包粽子下汤圆和防疫。他们的收入，怎么说呢？远不如"鬼老店找厨房工，给报税，需要身份，在一区"或"西二区，需要一名寿司师傅，没有身份要求，待遇好"或"女，五十岁，沈阳人，会做包子饺子花卷馒头各式东北菜，因疫情刚到英国，找住家保姆工作，电话：07957 161668"……有天太太打电话问他几点回家吃饭，他说"不知道"，她问："那你现在在干吗？"他说："运动会扛旗。"她说："哦，那你几点回家吃饭？"仿佛鬼打墙。三十岁之后，昊辰每一天的生活都像是鬼打墙。他要面对的问题很简单，一直重复，直到有答案。再被问下一个问题。

有一次昊辰问同事，如果是在日本做研究有什么好处？

同事说："好处是基本没有人会质疑你的论文是造假的。他们总是默认你是认真写的。"

昊辰的脑海中立即浮现出几个神奇的名字，小保方晴子、笹井芳树……例如，翟天临。

"今年是天临几年？"昊辰问同事，并抖了个拙劣的包袱。

"三年。"同事友好地回答。

除此以外，昊辰生活世界里的声音，基本来自太太、母亲，是一个女性的世界，十分带有上海的风格。他眼底摄入的字符，则大多来自手机群组。这些碎片每天从他睁开眼就开始飘飘荡荡，宛如太空垃圾，总是在那里，永远也不会消失。

（太太到处对别人说："昊辰是因为我才回国的……"）

上班两个月后昊辰突然发现，有一篇论文他上一次打开时还是一个半月前，Word 文档的修改时间提醒着他，上班以后他的研究生活几乎就是毁坏的。他的时间被分割成一块一块，交给了会议、课程、活动、表格和家庭。它们每个主体，都贪婪地盗窃着他的人生。没有人问他到底想要研究什么，没有人关心他还有什么事是遗憾的。没有人问他，如果当下感染了病毒，他最想做的事情是什么。

对昊辰的回国选择，最高兴的还有昊辰母亲，她似乎特别感激媳妇，并不反感她的说法，也没有跟昊辰确认事实是否如此。对母亲来说，一切都是次要的，"人回来就好"。然而婚后的第一个年，他们并没有在一起度过。冬天疫情突然告急，昊辰没有办法回家，学校也不建议他们离沪。昊辰在太太的家族中还没有找到适合的发声位置，他在过年时做得最多的事就是遛狗和垃圾分类。他发现上海人不是关心股票基金、美股熔断，就是关心买房、离婚买房、买学区房，有时还关心澳大利亚,总有旁系或姻亲住在那里,甚至关心印度。念博士时,昊辰曾去澳大利亚开过会,但并不喜欢那里。因为休息的时候,除了把自己灌醉,几乎找不到喜欢的事做。同行的大佬友善地提醒他:"你就是太老实,不会玩。很多坏事,这里都可以做。你不会做,就不会觉得有趣。"每天丢垃圾的时候,昊辰都会想到那位大佬说的话。2020年,上海终于把推广垃圾分类的市长捐去了武汉,然后听说武汉也开始了垃圾分类。他本有机会去美国开研讨会,签证在伦敦办好以后,疫情暴发,所有的正经事都被死亡疑云和口舌之争碾成齑粉。很多坏事,他也提不起兴趣去入乡随俗。

  有时昊辰感觉自己的抑郁症是回家之后才发作的。虽然他太应该高兴了,他平安健康,他成家立业,他也不缺钱,但是在昊辰的内心深处,他的理想生活被长得宛如齑粉药丸的东西丢到马桶内的洪流中彻底冲散了。他太应该感激这种清洁了。它昂贵、来之不易,它笑盈盈期待他说感恩,然后表示出一种大度和宽宥。

  有天太太问他:"花好看吗?"

  他看了一眼,问:"要丢吗?"

  太太白了他一眼,骂他是神经病。

  他想着,那就过几天再丢。

后来太太又问他:"那……你看我的花好看吗?"

如果当下感染了病毒,昊辰最想做的事,居然是离婚。他终于能自然而然找到一个高尚的理由了,不必再拖累任何人。其次是辞职,那时母亲一定不会介意,母亲就希望他活着就好。然后是,将尸体(如果有的话)运回广州。广州多好啊。又热,又热闹,又没有上海话,又没有爱情和婚姻。

四

社区隔离时,父母腾出了广州家里的一套空屋。按规定,隔离结束前,他们不能见面。但是,母爱如山。昊辰母亲想方设法地和社区管理人员疏通关系,最后远远地,假装看热闹的民众一样,看了他一眼。他也远远地,看了母亲一眼。情绪的流动和电影里设定的不太一样。两年没见,母亲没有什么变化。她还是那么神采奕奕,边看他走下大巴士,边和周围人叽叽喳喳说话。昊辰隐约都能听见母亲的声音,"啱啱 十点钟仲唔起身 食咗饭未 水而已 汤有汤肚啊 帮忙收拾厨房啊……"当然只是调取声音的记忆,他什么也没有听到。他将这些可被仿拟的女性声音笼统地定义为"爱",或者至少是一种他必须承担的、代表正义的白噪音。身为儿子的他就很难制造出类似的声音,嘤嘤嘤嗡嗡嗡地重复着一些对于生活的描述。细致到描述水开了、汤好了、花谢了……最爱、只爱、好爱好爱、永远爱……

昊辰的房间其实和二十几岁离开家时没有变化。墙上还挂着科比(居然真的已经走了吗?)和周杰伦(居然真的那么胖了吗?)。书架上一些已经看不懂的教材前,堆着前女友送的木质堂吉诃德手办(他收到时其实还不认识堂吉诃德是谁,现在也不太认识,知道他的名字,是因为底座上写了这四个字)、球鞋(就连大学时候的球鞋还依然躺在床底)。闲来无事时,他从书桌里翻出了中学时学校发的国光口琴(他拆开盒套吹了一口气,呛得半死,已经发霉)、美术课画竹子用的碳素墨水(已几乎凝结成碳屑),还有一台真正的打字机。那种手臂很长、很容易把华夫饼干的屑屑掉进去的打字机。

打字机年代久远,已经泛黄。昊辰记得那时候跟着电视大学学打字,从"ffjj ddkk"开始训练(如果没有记错,打字机上还留有自慰留下的痕迹,因为掉落在密密麻麻的字臂间难以清洁索性就算了啦哈哈哈)。那一瞬间,昊辰甚至不太明白自己为什么要离开这间屋子,在十四天以后去上海开始埋头建设新的生活，还要表现出期待已久的样子。如果有一线机会，他宁愿回到这里，重新开始。无忧无虑像个动画人物一样，不要长大，也不要太多的爱、太复杂的未来。拉肚子就可以不用上学，看到女孩子就想拉她们头发让她们求饶。

Ffjj ddkk ssll aa;; 空格

"我为什么会做这么奇怪的事呢？对着打字机……"

"上学上学　恋爱恋爱　工作工作　死死　空格……"

昊辰小时候好像看过一个故事，说的是发明打字机的那个人，有天看到太太伏案工作的背影，产生了幻觉，他觉得坐在那里的不是自己的太太，而是他苦思冥想的打字机的形状。"如果把妻子的头当作字键，弯曲的臂当作字臂，这种结构不是很理想的设计吗？"

隔离的日子里，昊辰又找到了那个故事，居然是真实存在过的。它似乎解释了他最初的爱情观。那几近荒谬的，又与书写符号有关的反复捶打，变异捶打，捶打至逼到墙角极限后的复归原位，再继续捶打，一年又一年，捶打进阶、吸金币过沼泽、遇到多拉贡、以腹肌深蹲臂力挤压捶打多拉贡、负伤流血能量降低，直至继续捶打，看到金色的 VICTORY 降落。以指纹传导至主机，感应心跳指数、血压指数，储存记录。留学、异地恋，都无非是如此。

"爱你哦。晚安"是军纪严明的操练口号。"永远爱你"是决心。"2019-nCoV"是要面对的巨龙。他每天都拥有不劳而获、扎实丰富的三餐（母亲通过行贿还会给他夹带一些水果）、安静的睡眠（身旁没有人）、没有市声、没有工作。

　　那段好日子开始的第一天（距离昊辰结婚，只剩不到二十一天。离去学校入职，只剩不到二十八天），短暂又朦胧，第一次也是唯一一次，可真令人想念。